離婚届を見た夫が私を溺愛してきたのですが!

～冷徹外科医は最愛の妻を手放さない～

華藤りえ

Vanilla文庫Miel

離婚届を見た夫が私を溺愛してきたのですが！
冷徹外科医は最愛の妻を手放さない

目次

イラスト／蜂不二子

プロローグ

閑静な住宅街を抜ける一本の国道に秋のまろやかな日差しが降り注ぐ。

普段であれば交通量も多い広尾《ひろお》の通りは、土曜日の午前中とあって車はもちろん人通りも少なく、散歩を楽しむ老夫婦や子連れが目立つぐらいで、道には街路樹に植えられた桜やハナミズキの色づき始めた落ち葉が舞う。

並ぶのは小洒落《こじゃれ》たブティックや小物店、あるいは少し改まった感じがするベーカリーや洋菓子店などだが、開店まで小一時間ほどあるためか、どこもシャッターが下りているか、早くでてきた店員が店の中で忙しそうに掃除や仕込みをしている姿が見えるばかり。

そんな大通りから一本裏に入ったところに、昔ながらのメニューを出す老舗の喫茶店があった。

親子孫三代続いた喫茶店は、けれど内装や外装に手をいれているため薄汚れた感じはなく、街と共に静かに時代を経た落ち着きが――レトロとでも言えばいいのだろうか――があった。

柱や板壁は飴色《あめいろ》、壁紙や床はチョコレートブラウンにダークグリーンというアースカラーを基調とし、飾られた花瓶の臙脂《えんじ》色を差し色とした店内は落ち着いており、八つしかないテーブル席には朝食を楽しもうと訪れた客が三組ほど見えるだけ。

カウンターの中では黒のベストとバリスタエプロンを身につけた三代目が、真っ白でパリッとしたシャツの袖をまくってコーヒーを煎れており、奥まった窓際にある席にもその馥郁《ふくいく》たる香りが流れてきたとき。

「もう無理！　私、離婚するッ！」

贅沢《ぜいたく》で優雅な朝を台無しにする、赤裸々かつ生々しい現実をぶちまける声が辺りに響く。

「ちょ、ちょっと美智香《みちか》ちゃんっ！」

優雅な時間を楽しんでいたのも忘れ、六条璃里《ろくじょうりり》は目の前で憤る親友兼義妹の美智香をなだめようとする。

が、感情が高ぶっているためか相手には璃里の声はまるで届いておらず、いつもなら綺麗《きれい》に巻いているふわふわの栗毛《くりげ》を乱しながら、手にしていたハンカチをぎゅっと握り絞める。

「まあ落ち着いて、ね？」

「落ち着いていられないわ！　だって馨《かおる》さん、絶対に絶対に浮気してるんだもの！」

朝の静かな店内に似つかわしくない――いや、何時だろうと公共の場で叫ぶには不適切だが――大声で放たれた、浮気という単語に、反対側の隅でコーヒーを嗜《たしな》んでいた老紳士がぶっと吹き出す。

それを申し訳なく思いながら、璃里はテーブルの上で握り締められた美智香の手をそっと握り、なんとかなだめようとする。

が、完全に神経をあらぶらせている親友には逆効果だったようで、手を払われたあげく、だんっと力一杯にテーブルを殴りつける。

朝一番に提供されたアラモードのメインを飾るプリンが、怯《おび》えるようにぷるぷると震えるのを前にあわてふためいていると、そんな璃里をよそに美智香はライトイエローの皮バッグをなぎ倒しそうな勢いで開き、中から一枚の紙を取り出す。

エレガントな直線が美しい、女優の名前を冠した高級ブランドバックから出された紙には、緑色の角張った文字で離婚届と印《しる》されており――。

「ちょっ、美智香ちゃん！　お、おおお、落ち着いてっ」

先ほど相手を注意したことも忘れ、つい声を大にしおろおろする璃里の前で、美智香は完全に据わった目で紙を睨《にら》みながら苗字《みょうじ》を記入しだす。

これは、思った以上に大変なことになったのでは？

物心ついた頃から親友で幼なじみで、今となっては義妹でもある美智香を前に璃里は目《め》眩《まい》と頭痛を同時に感じながら、そう思った。

第一章　離婚届は突然に

六条伏見《ろくじょうふしみ》という名の病院がある。

外科、内科はもちろん救急科や眼科までを有し、患者が入院できる一般病床を五百十二も有する大病院だ。

周辺医療の要ともいえる地域中核病院で、設立から四十年とまだ歴史は浅いものの、二年前に建て替えたばかりのビルは真新しく、包帯をイメージした白い帯がまぶしいほどに目立つ。

職員数も多く、頼りとする患者はさらに多い、現在急成長中の病院。

その病院を設立した二人の医師の一人、伏見《ふしみ》健介《けんすけ》のただ一人の孫娘として生まれたのが伏見璃里。

今は、もう一人の設立者である六条孝司《たかし》の孫息子と結婚し、六条の姓を名乗り六条璃里と呼ばれる、まだ二十三歳の娘であった。

「すっかり遅くなっちゃったなあ」

学生時代に渋谷だか六本木だかで買ったトートバッグから、家の鍵を取り出しながら璃里はぼやく。

昨晩、相談があると真剣な声で言われ、今日の朝一番で呼び出され、行ってみれば〝夫が浮気したので離婚する〟という、とてつもなくヘヴィでインパクトのある内容だった。

そのことにも疲れたが、後の始末も大変だった。

もう無理、ダメ、やっていけないとぐずりながら離婚届を記入していこうとする美智香からペンと紙を奪い、まずは確かめたほうがとか、ちゃんと話し合いしてからとか月並みなことを述べ立て、最後はアラモードのプリンに加えパフェで餌付けしなだめてみれば、気分が落ち込んだから相手をしてほしいと言う。

そこからはいつものパターンで、ストレス解消はショッピングにグルメとばかりに、ブランド店でのショッピングにハイグレードホテルでのアフタヌーンティ、駄目押しに行き着けだとかいうフランス料理店でのフルコースにまで付き合わされた。

役得といえばそうなのだろうが、同じ病院設立者の孫とはいえ東京が実家の六条家と、地方出身の伏見家では生活スタイルが違う。

おまけに、父母ともに医師で互いに忙しかったため、璃里は人生の半分を京都にいる祖父母の家で過ごし、裕福であってもひけらかすのは下品。ゆえに質素に慎《つつ》ましやかにあれと育てられてきた。

一方で美智香は生まれも育ちも首都東京で、モデルをしていた母と画家の父の間に生まれ、病院院長である祖父からは甘やかされ、華やかかつゴージャスな環境で生きてきており、〝生き馬の目を抜くような東京で、舐《な》められたら終わり〟という母の教えに従って、誰もがうらやむような暮らしぶりに加え、それが普通だと思い育っている。

これで高慢であれば鼻持ちならない嫌味《いやみ》な奴《やつ》となるが、そこはそれ。暮らしこそ派手だったがしつけは案外まっとうで、なおかつ生まれ持っての天然とあってどこか憎めない、世間知らずなためか、若干、猪突猛進《ちょとつもうしん》な気配があるお嬢様だ。

そんな彼女から頼られれば、男はもちろん女である璃里だって悪い気はしないし、甘えられるのは素直に嬉《うれ》しい。

が、セレブ御用達《ごようたし》の場所をはしごさせられるのは、庶民気質な璃里には敷居の高さで緊張させられ、精神的に結構辛い。

おかげでアフタヌーンティーが大好きな秋の味覚、栗《くり》やらサツマイモやらのスイーツ満載だったというのにまるで味わえず、フランス料理の鴨《かも》やフォアグラにいたってはどんな盛り付けだったかすら覚えていない。

美智香が満足するまで飲み食いし、そうしてタクシーで送られてみればもう二十一時。

普通の妻なら、焦って夫への言い訳を考えるところだろうが。

「ただいま」

そう言いながら家の扉を開け玄関に入るも、中は暗い。

ひょっとして寝てるのかなと期待しつつ足下を見るが、大理石張りの床には璃里のもの以外靴一つなく、夫のスリッパは今朝仕事へ出て行った時のままの形で残されていた。

「やっぱり、帰って来てないかあ」

天井を見上げ、常夜灯を頼りに廊下を進めば、人を感知したオートセンサーが一斉に家の電気を付ける。

まぶしさのあまり目に手をかざしながら、璃里はリビングへの扉を開く。

小さい家なら一軒は入ってしまうのではないだろうかと思えるほど広い空間に、白と黒を基調にしたモダンな家具が配置されている。

壁の一面にはスクリーンモニターが設置されており、なんだかよくわからないオーディオ機器と璃里の身長ほどもあるワインセラーが置かれているが、どちらもまだ利用したことはない。

奥にあるキッチンは半分がカウンター、半分がアイランド方式になっており、仲のよい友人を招いてクッキングパーティなどもできそうだ。

とはいえこちらもまた、璃里は活用できてない。

日常的なおかずを作ったり、スーパーの特売で仕入れてきた食材を整理するために一時的に使うことはあるがそれだけだ。

週に一度くるハウスキーパーさんがピカピカに磨いているコンロだって、パエリアだの子羊のローストだのではなく、ひじきと大豆の煮物だとか、鯖《さば》の塩焼きだとか、白和《しらあ》えだとか、そんな和風かつ惣菜《そうざい》区分の品を作るのにばかり使っている。

壁に埋め込むように設置されている海外メーカーの大型冷蔵庫だって、ほとんどそのスペースが空いていて。

きっと設計者も〝こんなはずじゃなかった〟と泣いているに違いない。

テレビや雑誌のモデルルームさながらのリビングを見て、璃里は溜息《ためいき》を吐《つ》く。

こんなところでくつろぐなんて到底無理だ。

せいぜい、窓際にある目隠し用の観葉植物やサイドボードを飾る多肉植物のミニチュアアトリウムを手入れするために来るぐらい。

リビングの奥にはドアが二つあり、片方に夫婦の寝室があるのだが、璃里はどんな内装だったのか思い出せない。

両手を伸ばしてもまだ余裕がある、キングサイズのベッドがあった覚えがあるが、それがどれぐらいの高さだったのか、どんなカバーがかけられていたかも覚えていない。

足を踏み入れた記憶に至っては、六年前、高校を卒業するや否やバタバタと入籍した時だけで、それすらも部屋の案内でしかなく。

以来、一度も扉に触れたことはない。誘われた記憶はもっとない。

夫である六条誠司《せいじ》は無口ではあるが誠実で、璃里に対しては常に礼儀正しくあったが、それ以上ではなく、妻としてどころか女として見られているかも怪しい。

だがそれも当然だ。

なぜなら璃里と誠司は政略結婚の仮面夫婦なのだから。


璃里はそのままリビングへと入らず引き返し、玄関のすぐ側にあるゲストルーム――今は璃里の私室でもある――にトートバッグだけ置いて風呂へ入る。

シャワーを浴びて多少さっぱりした処《ところ》で、バスタオルで髪を拭いながら私室へ戻り、中にある小型冷蔵庫からミネラルウォーターを開け、一気飲みし、それでやっと人心地がついた。

「バッグの中身を片付けなきゃ」

ベッドにもたれかけさせていた身体を起こし、ドアの側においていたトートバッグを引き寄せる。

メイク道具や財布、ハンカチに小さな手帳と二十三歳の女性らしいアイテムが入っている中、一つだけ不似合いなものが交ざり込んでいる。

くしゃくしゃにまるめられているその紙を恐る恐る摘まんで出すと、璃里はローテーブルの上で拡《ひろ》げて皺《しわ》を伸ばす。

「なんとかこれは取り上げられたけど……」

緑色の罫線《けいせん》が几帳面《きちょうめん》にならぶ離婚届を広げ眺めていると、苗字の欄に六条と記載されているのに気付く。

「美智香ちゃん、初っぱなから間違ってるし」

離婚届の氏名に記載する名前は戸籍の名前、つまり結婚後の姓でなければならないのだが、混乱のあまり旧姓の六条と書いてしまうとは。

これでは、提出したところで受理されなかっただろう。

苦笑しつつ、本当は離婚したくないのではなどと考えるうちに、ふと自分を振り返り溜息を漏らす。

「離婚かぁ……。うちも、そろそろ考えなきゃいけないのかなあ」

疲れから来る心地よい眠気を堪えつつ、璃里は考える。

璃里と夫の六条誠司――美智香の兄――とは恋愛による結婚ではない。

昔からの知り合いだから幼なじみと言えば通るが、その実、璃里が中学校に入った頃から高校を卒業するまで、二人はまともに顔を合わせたことがない。

というのも璃里は京都にある私立かつ中高一貫のお嬢様学校に通うことが決まり、同時に誠司は医師国家試験、研修医、専修医と医師としてもっとも多忙かつ精力的に学び働かねばならないイベントが続いていたからだ。

（といっても、それまでも大して話をしていた訳でもないけどさ）

医師として六条伏見病院で勤務するだけでなく、経営にも携わっていた両親は多忙で、璃里は京都にある母方の祖父母の家で育てられていたが、それでも夏の長期休暇と年末は両家で京都に建てた別荘に集まって、バーベキューや海水浴を楽しんでいた。

だから、同じ年の美智香とは離れていても手紙やSNSでやりとりしており、大学進学を機に東京へ来てからも、昔と変わらず姉妹のような付き合いができていたのだが、彼女の兄である誠司は違う。

年齢が十歳離れていることもあり、璃里たちが呑気《のんき》な小学生でいた頃にはすでに受験に合格し、有名大学の医学生となっており、璃里たちが高校に上がり友人らと楽しく過ごしているうちに、国家試験に合格し、医師として働きだしていた。

そうなると当然、興味を持つものも行動範囲も違ってくる。

もとより、璃里が物心ついた頃には高校生で、あまり京都へは来たがらなくなっていたし、来ても少女というより幼女である璃里と美智香の遊びに付き合える訳ではなく、強いて言えば宿題を教えてくれた記憶ぐらい。

そんな誠司となぜ結婚するに至ったかといえば、少々ややこしい事情がある。

六条伏見病院は、璃里と誠司の祖父たちが設立したが、その跡継ぎである誠司の父は血が苦手で医師となることを嫌がって画家となってしまった。

璃里の父は期待されるまま医師となって妻も医師を迎え、次代の六条伏見病院を継ぐことになっていたが、祖父たちはやはり両家を一つとして病院を盛り立てていきたいという夢があり、互いの両親もそれを望んでいた。

だから、気が付けばいつからか「将来は誠司くんのお嫁さんになるのよ」と言い聞かされ、許嫁《いいなずけ》のような立場にいたが、結婚はもっとずっと先だし、高校に入学したころには世間の有様も変わっていて、いわば政略結婚じみた約束が果たされるとも思えなかった。

けれど璃里は、そんな未来が来ればいいな――と思っていた。

というのも璃里にとっては誠司だけが唯一、異性として心揺らぐ存在であり、幼いころからずっと憧れてきた男性、つまり初恋相手だったからだ。

さすがに二十三年、初恋かつ片思いを引きずっているのは重いし痛い。それは自分でもわかっているが、惹《ひ》かれるものはしょうがない。

初めて会った時から、周囲の男子とは違い落ち着いている誠司に大人を感じ、淡い憧れを抱いていたが、それは一人っ子が頼れる兄に焦がれるのと同じ感覚だった。

格好いいなあ、凄《すご》いなあ、大人だなあ。こんなお兄ちゃんがいるなんて美智香ちゃんがうらやましいな。いいな。とずっと思っていたし、時には口にさえしていた。

だがその憧れが決定的な恋へ変化したのは、海水浴で溺れたのを助けてもらったことだ。

中学校二年の時だ。

久しぶりに誠司に会えてはしゃいだこともあり、璃里は準備運動も忘れ海に入ってしまった。

最初こそ調子よく泳いでいたが、すぐ足がつり、しかも運悪くそこが急に深くなっている場所だったりした。

派手にあがる水しぶきに、両親たちはまだはしゃいでいると笑い呆《あき》れていたが、誠司は違った。

様子がおかしいのをすぐ察知し、上着を脱ぎ捨てるが早いか海へ飛び込み、押し寄せる波を悠然とかき分け璃里の側までくると手を伸ばし、あっというまにその逞《たくま》しい腕に抱き込み、水を呑《の》んでもがこうとする璃里に落ち着いて力を抜くようなだめると、片腕だけでぐいぐいと岸まで泳ぎ切る。

腕の力強さが与えてくれる安堵《あんど》と、触れる素肌から伝わる熱は決して女性にはないもので、直前まで水を呑んで苦しかったこともあり、璃里は一瞬で恋に落ちた。

今でも目を閉じれば思い出せる。

スポーツだかジムだかで鍛えたしなやかかつ厚く硬い胸筋に、しっかりとした肩。

波へ向けて伸ばす腕はしなやかで、鋭い目元がさらに尖《とが》り先を目指す姿は、まるで野生のホワイトタイガーのよう。

水しぶきを受ける顔は凛《りん》としていて、少しだけ直線的な輪郭と鼻筋がすごく格好よく見えた。

水滴が散るまつげは長く、その奥にある瞳は黒々と濡《ぬ》れていて、璃里は溺れていたのを忘れるほど見とれ、赤くなっていたことを覚えている。

浜へ着いてからどころか、夕飯のバーベキューをしている時でも心臓はバクバクで、なのに誠司を真《ま》っ直《す》ぐに見ることができずもじもじしていた。

周囲は、中学生にもなって溺れたのが恥ずかしいのだと考えていたし、誠司もそう思っていたのか、助けたあとは変わらず、どころか呆れていたのかいつも以上に素っ気なく、距離を置かれていた気がするが、そこで諦めるどころか、むしろ落ち着いていて素敵だなあとさえ思う始末。

しかし許嫁とはいえ十四歳と二十四歳の年齢差は大きい。

相手はまるで璃里の恋心に気付かぬどころか、翌日には東京の友達から呼び出しがあったと、璃里が寝ている間に帰ってしまっていた。

当然落ち込んだが、それで恋心が消える訳もない。

かといって告白するほど無分別でもない。

自分はどうあれ、世間は十四歳の少女と二十四歳の医大生の恋愛を歓迎してはくれないだろうし、当の本人である誠司からすれば、璃里など子ども、あるいは妹と同じ存在でしかないに違いない。

つまり恋をする相手ではないということだ。

そんな二人がなぜ結婚することになったかと言えば、理由はごく単純だ。

――両親が亡くなったからだ。

学会帰りに、高速道路で居眠り運転のトラックに追突され、車は路側帯を越えて反対車線まで飛んだという。

外国車で頑丈だったのが不幸中の幸いか、遺体の状態は救急隊が驚くほど綺麗だったが、両親とも内臓が破裂して即死だったそうだ。

知らせを聞き、母方の祖父母たちと一番早い飛行機で東京へ戻り――そこから、葬儀が終わるまでは途切れ途切れの記憶しかない。

白と黒の鯨幕《げいまく》が張り巡らされた実家の庭で、顔も知らぬ大叔父だとかはとこだとかに上辺だけのお悔やみを言われ、妙に馴《な》れ馴《な》れしく気遣われたことや、泣き疲れて声も出なくなった母方の祖母。

葬儀が終わり、そのまま初七日と精進落としが続けられる家の応接室では、今後の璃里をどうするかと大人達が顔をつきあわせ話あっている。

うちが引き取る、いやうちが。とこの手の件に関しては珍しく引く手数多《あまた》な状況なのを漏れ聞くが、まるで嬉しくない。

というのも彼らが欲しいのは璃里ではなく、璃里が相続することになった六条伏見病院の相続権——三分の一より多い、つまり経営に影響を与えることができる権力とそれが生み出す金で、璃里のことなどどうでもいいのがわかっていたからだ。

普通の会社と病院の相続はまるで違う。経営だって医師でなければ難しいというのに、一般の人でしかないぽっと出の遠縁の親戚に務まるとはまるで思えない。

だが彼らは楽観的に、経営など雇われ医師に任せて自分たちは理事長に収まって美味《うま》い汁をすすればいいとか、別の医師一族に経営権を売り飛ばせば大金が入るとか、まるで患者のことを考えず利益だけを欲していて、そのため璃里を手に入れようとしていた。

お前の家じゃダメだ、いやお前こそと騒ぐ親戚たちの喧嘩《けんか》に嫌気が差して庭に出てみれば、外は夜で、銀糸のように細かな雨が降っていた。

本筋であれば引き続き京都の祖父母がという話になっただろうが、彼らは母側の親戚である上、祖父はとうに亡くなっており、祖母も入院する予定があり、璃里を成人まで面倒をみるのは難しい上、合格した東京の大学から通うには遠すぎることを理由に却下されていた。

祖母はその対応に憤ってくれたが、高血圧なのに怒ったことは脳卒中を起こした後の身体には悪すぎて、目眩にふらつきながら奥の部屋へ引きこもり、それっきり出ては来ない。

ふすまを取り払い精進落としが行われている居間と和室では、食べ残しの料理や中途半端に中身が減ったビール瓶を前に、両親の同僚や医大生時代の先輩や後輩が酔い覚ましに雑談をしていて、そこでも六条伏見病院の今後ばかりが取り沙汰されていた。

――あの病院、どうなるんだ？

――こうなった以上、六条の孫息子が跡継ぎになるんじゃないか？

――優秀だと聞くが、まだ研修医を終えたばかりだろう。そんな若造に務まるのか。

――あるいは、伏見のお嬢さんと結婚した奴が共同経営者に名乗りを上げるのかもな。

誰かが、あえて口にされなかった本題を酔いにまかせて吐き捨てた途端、周囲がしんと静まりかえり、次いで、なんとも表現しがたいねっとりとした欲望の空気がそこ、ここから湧きだし、悲しげに顔を伏せる男の幾人かが目を光らせる。

汚れた皿や空いたビール瓶を下げることで気を紛らわそうと、台所から居間へ入ろうとしていた璃里は、たまらなくなって勝手口から裏庭へ出る。

サンダルを履いた足が朝から降り続ける雨でできた水溜《みずた》まりを踏み、ストッキングのつま先が泥水で汚れる。

痛みや寒さを気に留《と》めず、璃里は声を堪えながら裏庭へと向かう。

祖母、母と続けて京都生まれの女を娶《めと》ったからか、庭を広くとり建てられた平屋の和風建築は都心部から少し離れていることもあり大きく、そのせいで璃里を飲み込もうとしている悲しみの黒い影にも見えた。

逃れるように更に裏庭を進むと、一本の桜の木が目前に現れる。

璃里より立派に育った桜は、父が生まれたのを記念し祖父と六条のお祖父様《じいさま》が植えたもので、毎年四月になると、霞《かすみ》か幻かというほど密に薄紅色の花弁を纏《まと》って優美な姿を誇る。

だが今は、幹も根も雨に打たれ、うっそりとした緑の枝葉を重たげに垂らしているだけだった。

周囲には、場違いなほど鮮やかな藍色や紫といったあじさいの群生があった。

それをかき分け、璃里はわずかな隙間となっている桜の根元へしゃがみ込む。

東京にある女子大に推薦入学が決まったなら、これからは一緒に暮らせるのね。幼い頃寂しい思いをさせた分、思いっきり甘やかすから覚悟を決めて戻って来なさいと笑った母や、誇らしさの混じった笑顔で璃里を褒めてくれた父はもういない。

「ひとりぼっちになっちゃった、な」

ははっと乾いた笑いを漏らしつつ呟《つぶや》いた途端、ずっと我慢していた涙が瞳の表面を熱く濡らし、みるみる頬《ほお》を流れ落ちていく。

普通の家族として一緒にいた時間は少なかったが、それでも精一杯、両親は璃里を愛してくれたし、愛していると感じとれた。

今日までの両親との記憶が、映像や声となって一つ一つ浮かび、夜闇に消えていき、そして最後に鳴り響く電話ともに訪れた両親の死の知らせによって断ち切られる。

突然、虚空に放り出されたような気分になり、璃里は嗚咽《おえつ》の漏れるまま背中を丸めて泣いた。

濡れた髪が額や頰に張り付いて、肌を伝うものが雨だか涙だかわからない。

泣き続け、両腕を抱き直し、そこで喪服代わりにきていた女子高の制服があまり濡れていないことに気づく。

雨音は変わらず、目の前に広がる闇に銀色の筋が絶え間なく見えているのに、ちっとも服が冷たくない。

不思議に思って顔を上げると、黒いスラックスにつつまれた男の足が眼に入った。

ぎょっとした弾みで身体のバランスが崩れる。

そのまま泥の上に尻を付くかと思い眼を閉ざすと、思いもよらぬ力強さで腕を引かれ立たされた。

勢い付いた身体が、相手の胸元にぶつかる。

「ッ……」

鈍い痛みに息を詰めると、大丈夫かと尋ねる風に優しく背中を撫《な》でられる。

大きくて黒い傘の中に、男と身を寄せ合って数秒。

男の喪服にまとわりつく線香の匂いが鼻孔をくすぐり、次に、つんとした針葉樹と豪奢《ごうしゃ》な――シダーウッドとアンバーの深みのある香りに気を奪われた。

父が付けていた香水と似ているが、それよりわずかに尖っていて、どこか艶《なま》めかしい。

どこか官能的な匂いに鼓動を速まらせていると、最後にジャスミンの淡い甘さが漂い、鼻腔《びこう》を抜け、香りの残滓《ざんし》は幻のようにすぐ消えた。

「ありがとう、ございます」

動悸《どうき》のする胸を押さえつつ礼を述べつつ顔を上げ、そこで璃里は息を詰める。

傘を差し掛け、だがそっとしておいてくれた男が誠司であったことはもちろん、その容貌の変化にも驚かされたからだ。

もともと凜々《りり》しかった横顔が、大人として社会の厳しさを知ったことでさらに鋭く、怜悧《れいり》に磨き上げられ、凄みと迫力を増している。

背は変わらないはずなのに、肩幅や胸板は恋に落ちた時よりさらに鍛えられていると喪服のスーツ越しにわかるほど。

半分伏せがちの目は雨だからか艶めいていて、変わらず長いまつげが水滴にしぶいているのも色っぽい。

最後に見た時は、まだ照れ笑いや拗《す》ねた様子を映し上下していた目尻は、今は揺るがないほどしっかりと上がっていて、見ただけで切れる男だと周囲にわからせる。

顎から喉は引き締まり、そこから伸びた長い首が真っ白な襟と黒いネクタイに隠れているのがストイックでもあり、謹厳な雰囲気を醸しだす。

不意に脳裏に、彼が白衣を着ている姿が浮かび、同時に、これほど黒と白が似合う男もそういないと璃里は悟る。

会うごとに妹をからかったり注意したりしていた唇は引き締まり、無口なままでいたが、不思議とそれが窮屈に感じないのは——恐らく、彼が生来もつ正義感や誠実さのおかげだろう。

見たこともないほどに色気と存在感のある美形。そんな人物と幼なじみであった青年が繋《つな》がらず、しばし混乱していると、彼は不思議そうに首を傾け、なにかを試すよう二度口を開閉してから、低く落ち着いた声で璃里を呼んだ。

「伏見璃里……さんですよね」

昔のように〝ちゃん〟付けしようとして、だがすぐに一人前に扱おうと言い直したことにほんの少しドキリとしつつ視線を合わせると、彼もまた真っ直ぐにこちらを見つめる。

「久しぶり……っていうのもおかしいな。だれかわかるか？」

どこか照れたように顔を逸《そ》らし言われ、璃里は驚きながら呆然《ぼうぜん》と口を開く。

「誠司さん、ですよね」

名を呼ばれたと同時に誠司がほっとしたような顔をするが、すぐに表情を引き締め、なにか言おうとした。

だが結局なにも言わず、口を閉ざしてしまう。

そのままどれほどの時間が経《た》っただろうか。

時間にすれば数分、どうかしたら数秒だっただろうが、随分長い間見つめ合っていたような気分だ。

あり得ない錯覚に陥り、目を瞬かせていると、沈黙を挟んでから誠司が口を開く。

「大丈夫……じゃないか」

大丈夫か、と聞きかけ、やはりまた訂正されて璃里はなぜかふと笑う。

「そう、ですね。……なんだか、未《いま》だに、信じられなくて」

父と母がいないことはもちろん、自分という存在が利益を運ぶ金のロバみたいに扱われていることも含め伝えると、誠司は、だろうな。とうなずく。

「なにもかもが突然すぎて今の状況もわからないのに、これからどうなるかを、私じゃなくて顔も知らないような親戚のおじさんやおばさんたちがあだこうだ言っているのを聞きたくなくて」

庭に出てきた理由を口にすれば、誠司は無言で、だがしっかりとうなずいた。

「俺たちが……六条家の人間が入ればまだなにかできただろうが、伏見の家の問題は伏見の血縁で決めると言われてはな」

病院の経営権は伏見家——璃里の両親と誠司の祖父である六条孝司で二分されている。だが、相続に関しては両親が若く璃里が未成年だったことから、まだ決めておらず、いずれ璃里が医師と——できれば誠司と——結婚して、両家を代表し後継となってくれればと考えていた節があった。

ところが二人とも突然事故で亡くなって、なにも決まらないまま相続の権利だけが璃里に手渡され、それを狙う遠戚たちが鴉《からす》のように騒いでいるのだ。

当然、もう片方の経営者である六条のお祖父様、誠司の祖父である孝司も話し合いに入ると声を上げたが、病院を六条のものにしたいのだろう。そうはいかない！　とその時ばかり親族が一丸となって反対し、難癖にも近い理由をつけて追い出してしまったのだ。

（あんなにぷりぷりした六条のお祖父様は見たことがなかったわ）

ワシはもう知らん。あとから泣きついても知らんと繰り返しながら、その一方で璃里に哀れみの眼差《まなざ》しを見せていたが、肝心の病院から呼び出しがかかってしまい、葬儀が終わるや否や迎えの車で帰っていった。

当然、その時に参列していた誠司も帰ったのだろうと思っていたが、どうやら残ってくれていたようだ。

その上、璃里を心配してか、隠れて庭に出てきたというのにこうして傘を差し掛けなくさめようとしてくれている。

そのことが落ち込み、悲しみに冷えていた心を少しだけ温かくする。

「気持ちだけでも、嬉しいです」

なんとか顔を微笑にしつつ御礼を述べれば、なぜか誠司が傷ついたように眼差しを揺らす。

「いや……。それより、これから璃里はどうしたい？」

おもわず息を詰めた。

葬儀から今まで、親戚の誰一人だって聞いてくれなかった一言を、シンプルに、だが間違いようもなく誠司から言われ目をみはる。

「すまない、気持ちの整理がつかないうちに聞かれても答えられないな」

心底申し訳なさそうに言われ、璃里はあわてて頭を横に振る。

「謝らないでください。あの、答えられないのではなくて、その質問自体をしてくれる人が誠司さん以外にいなかったので、嬉しくて」

考えるより早く素直な気持ちが口から出てしまい、自分で驚く。

「誰も……？　あいつら」

誠司が家のほうを、親戚たちがいまだ言い争っているだろう応接室をにらむ。

傘を持っているのと反対側の手が誠司の身体の横でぐっと握り締められ、手の甲に血管の筋がはっきりと浮かぶ。

家のほうから差してくる光が彼の横顔を闇から明白に浮き立たせ、その鋭さと怒りに燃える瞳の苛烈さに璃里は鼓動が止まる思いだ。

また沈黙が訪れるが、それは長いものではなかった。

誠司は璃里が濡れないよう気を付けながら立ち位置を変え、璃里と真正面から向き合う。

「璃里」

低く、真剣な声で名を呼ばれどきりと心臓が跳ねた。

「俺と、結婚しないか」

考えもしない提案に目をまばたかす。と同時に鼓動が逸《はや》り頭の中が真っ白になる。

「結婚……？」

聞き間違いか冗談かと戸惑いつつ単語を口にすれば、疑いを差し挟むのも恥ずかしくなるほどの真摯さで誠司がうなずく。

「そうだ。……俺と結婚すれば、六条の家に入れば、君に今までと変わらない環境を与えてやれる」

君の遠戚を悪く言って申し訳ないが、とそこで言葉を句切り誠司はさらに続けた。

「伏見に任せておけない。奴らに任せれば、君はきっとこの家から遠く離れた、顔も知らない親戚の家に行かされて、辛い目に遭うことになる」

それは間違いない。

彼らは璃里を心配しているのではなく、璃里の相続するものにしか興味がない。

一端お金や地位を手にいれてしまえば、あとは用済みとばかりに扱うだろうし、大学だってちゃんと通わせる気があるのかも怪しい。

誠司の考える行く先が正しいと思う一方で、困惑することもある。

だが、それで誠司は本当にいいのだろうか――？

確かに互いの祖父はもちろん、両親だってゆくゆくは璃里と誠司が結婚してくれればと願っていた。

けれどそれはもっと先の、少なくとも大学を卒業してからのことだと思っていた。

璃里本人は誠司が好きで、初恋で、彼以外誰一人として目移りすることなくこれまで生きてきたが、彼は違うだろう。

外見も医師としての将来もある誠司のことだ。きっと沢山の女性にモテるだろうし、彼だってもうすぐ三十だ。気になる人の一人や二人いるだろう。

なのに璃里なんかと結婚して、本当に後悔しないのだろうか、迷惑になりはしないかと気遣ってしまう。

おろおろと視線をさまよわせ、どう答えるべきか迷っていると、再び名を呼ばれ、落ち着かせるように肩を軽く摑《つか》まれた。

少しだけ濡れた制服ごしに大きく、温かい手を感じる。

――男の人の手だ。

溺れた時に感じたのとまったく同じ感動と、安心感を味わいつつ視線を上げれば、心の底を見透かすような真っ直ぐさを持った視線に囚《とら》われる。

「正式な婚姻届を出すのは高校を卒業してからでいい。籍を入れてからだって君が嫌がることはしないし、もちろん、君が他に……好きな人ができたなら、その時は離婚してもいい」

夫婦となるが、それが形だけのものだと言われ、安堵と同時に少しだけ寂しいような気持ちになる。

キスどころか異性と付き合ったことすらないのに、いきなり初夜はハードルが高すぎる。しかも相手は長年、好意を抱いてきた相手となればなおのことどうしていいかわからない。

その一方で、この婚姻が本物ではない。つまり愛や恋によるものではないことに悲しさとも虚《むな》しさとも言えない感情を抱く。

答えがわからず視線をそらせば、横で咲く紫陽花《あじさい》の上をどこからか現れたカタツムリがのろのろと進んでいくのが目に入る。

つつけば殻にとじこもってしまう生き物が、まるで自分のようにも思えて自嘲していると、遠くから怒鳴り声じみたものが流れ耳に届く。

恐らく、璃里を引き取りたいという親戚同士で喧嘩《けんか》しているのだろう。

それがわかった瞬間、璃里はふと昏い嗤《わら》いを漏らしてしまう。

――なにを悩む必要があるのだろう。

誠司の推察は正しい。

年に一度も顔を合わせることがない、名前さえ記憶におぼろげな親戚の元へ行かされれば、大学へいけるかどうかも定かではない。

きっとなにもかも諦めさせられて、彼らの都合のいい男に嫁がされるか、あるいは飼い殺しにされるのは目に見えている。

だが六条の家ならば、親戚以上に親戚づきあいをしていて、幼い頃から璃里を知り、同じ年の娘――幼なじみで親友の美智香もいる家ならば、璃里を粗略にはしないだろうし、大学だって通わせてくれると思う。

病院についても、すでに経営しており患者を知っている上、あちら側の経営権については誠司が継承することが確定している立場から、無茶な方向転換をするとも思えない。

つまり璃里さえ恋心を我慢すれば、丸く収まる。

(それに、結婚してからでも努力すれば、振り向いてもらえるかもしれない)

わずかな打算が心をつつく。

両親が亡くなったばかりだというのに、そんなことを考えてしまう自分が嫌になるも、期待する気持ちは止まらない。

「璃里。俺と結婚してくれ。君を守らせてくれ」

先ほどより力強い声で誠司が希《こいねが》う。

これで互いが想《おも》い合っていれば最高に違いないプロポーズの言葉が悲しい。

けれど璃里はわかっていた。自分の中に、この台詞《せりふ》にあらがうだけの力など残っていないことを。周りのことを考えれば誠司の提案が最善策だということも。

「私で、よければ」

ためらいがちに口にした途端、肩に置いていた誠司の手が二の腕から手首へと滑り、それから恋人がするように指を絡めて繋がれる。

「すまない。こんな形になって。だが決して不幸にはしない」

ぐっと力を込められ掌同士が密着する感覚に心臓が跳ねた。

たちまちに火照る顔を見られたくなくて逸らしうなずけば、彼も突然結婚することに戸惑っているのか、少しだけ上擦った声で続けた。

「入籍はまだできないが、すぐ指輪を買おう。親族たちに話すのはそれからのほうがいいだろう」

大人らしく、外堀から埋めて誰にも邪魔させないようにするやり方に、頼もしさと少しだけ怖さを感じつつ璃里はまたうなずく。

そうしてどちらから言葉を交わすでもなく、手をつないだまま長い間庭に立っていた。

あの後、朝になっても意見を決めることができない親戚たちの目を盗んで六条の家へ向かい、彼らが懇意にしているという外商を呼び、豪華な指輪の中から、よくわからないまま一つを選んだ。

六条のお祖父様は璃里と誠司が婚約したと聞いて驚き、呆れていたが、それ以外に方法がないだろうなとも言った。

それから三人で伏見の家へ戻り、婚約者がいるので心配無用。と一言で璃里を引き取ることをわからせた。

もちろん親戚たちは、六条の家の陰謀だの璃里を丸め込んだだのと罵《ののし》ってきたが、すべての手配は終わっており、彼らの怒鳴り声は負け犬の遠吠《とおぼ》えじみていた。

四十九日を滞りなく終え、残りの九ヶ月、実質的には半年を京都の祖母の元に戻り暮らし、年明けからは東京にある六条の実家で過ごしだした。

受験生であるものの早々に推薦入学を決めた璃里は、三学期は定められた日数だけ京都へ戻ればよかったため、早めに東京へ行くことにしたのだ。

卒業式の日に入籍し、大学へは六条の家から美智香とともに通い、四年が終わり大人になったのと同時に誠司と二人暮らしをすることになったのだが。

その間、男女の交わりどころかキスすらもない。

学生なのに妊娠したら困るだろう。というのが誠司の意見だったたし、そうでなくとも六条の実家であれこれする気はなかったが、それでもキスぐらいはと期待はしていたのだが、なにもなかった。

一緒に暮らし始めて一年、まったく手を出さないどころか、医師と病院理事を兼任する誠司は思う以上に多忙で、平日はろくに顔も合わせることがない。

顔を合わせても夫婦というより家族のような会話ばかりで、それが続けば女として見られていないのではとも思う。

「やっぱり、魅力が足りないのかな」

風呂上がりで半乾きな髪をひっぱり、璃里は溜息をつく。

ふと顔を横へ向ければ、メイクに使っている大きめのスタンドミラーに自分の姿が映っていた。

校則が厳しく、古い考えをもつ祖父母の家で育ったため、生まれてから一度も染めることがなかった髪は真っ黒で、揃《そろ》えたままの形で真っ直ぐに伸びているため少し重たげに見える。

輪郭はややまろみを帯びていて、そこに大きな目が二つ据わっているのがどこか子どもっぽい。

駄目押しに眉は下がり気味で、鼻筋だって平均的で高くない。

首から肩のラインこそすっきりしていたが、その下に続く胸はやや小さく、セクシーとも言いがたい。

来ている寝間着も淡いピンク地にぬいぐるみの熊とキャンディーがプリントされたもので――つまり総合して子どもっぽい。

これでは誠司が女として見てくれないのも当然かと、璃里はがっくりと肩を落とす。

「大学を卒業したら、少しは大人の女性っぽくなるかなと思ったのになあ」

今年の春から六条伏見病院で事務方として働くようになったものの、大人の女性らしい落ち着きや余裕とは無縁で、与えられた仕事をこなすことで精一杯だ。

黒髪を一つにまとめ、両手一杯に書類を抱えて右往左往している様を、同じ病院で医師として働く誠司が見たら、妻というより部活中の学生に思えてしまうだろう。

ぱたりとローテーブルにうつ伏せとなって、璃里は溜息を落とす。

事情が事情とはいえ、男女として意識されるより早く家族というポジションに収まってしまった気がしてならない。

だとすると一生、妻になれないまま、女と思われないままの状態が続くのだろうか。

「離婚かあ……」

六条と記入され、皺だらけになった美智香の離婚届を眺めながらつぶやく。

「うちも、そろそろ考えなきゃいけないかなあ」

ようやく乾きはじめてきた前髪をくしゃくしゃと交ぜながら思う。

誠司は六条伏見病院の後継ぎで、当然、次の世代にそれを託す必要がある。つまりどうしても子どもが必要な立場だ。

にも拘《かか》わらず、妻に手を出す気にもなれないのでは困る。――と思う。

（それでなくても誠司さん、すっっごくモテるもんなあ）

入職式の時、理事の席にいる彼を見た新人女性が、社会人になったことも忘れ、学生じみたはしゃぎっぷりできゃあきゃあ言っていたのを思い出す。

すごい、格好いい。素敵。などと言う囁《ささや》き声を背中に、璃里は妻とばれないだろうかと内心でハラハラしつつ式をやり過ごしたのだ。

その後は尚更《なおさら》で、病院のそこかしこで彼に焦がれる女性を目にするし、更衣室では昼食に誘うとか、合コンや飲み会に来ないかなと期待する声も耳にした。

もっとも、そのどれに対しても彼は応じず、女性に対する態度ははっきりしていて、仕事の話ならば聞く。そうでなければ無視するか、相手が真剣ならば真剣にきっぱりはっきりと断るで有名だ。

といっても璃里が安心できる訳ではない。

誠司は外見だけでなく医師としての評判も上々で、言葉数こそ少ないものの責任感があって医師以外の医療者を見下すことなく、患者には丁寧かつ真摯と、これぞ若院長！　と褒めるものばかりで、そのことも新人でまだ拙い自分との格差に思えて地味にへこむ。

なんとか立場の差を埋めようと、資格の勉強をしたり、率先して仕事をこなすよう心がけたりしているものの、苗字が〝六条〟であるため、経営者一族の、誠司の妹か従姉妹《いとこ》かと勘違いされており、お嬢様に仕事を任せるのは恐れ多いとばかりに断られ、皆が多忙な時だって、残業をほとんどさせてもらえないような状況だ。

女性としても見られない、職員としても大して役に立たないでは、自分のいる意味はないのではと思うし、誠司だって、璃里を妻にしているぐらいなら、いっそもっと美人で仕事ができる女性と一緒になったほうが、将来のためにいいのではとも思う。

本当に好きな人ができた時は遠慮なく言いなさい。と六条のお祖父様から言われているが、本当に好きなのは誠司しかいない。だが、その誠司の妻として役目を果たせないのなら、嘘《うそ》をついてでも場を譲ったほうがいいのではないか？

(だめだ、疲れてるからか、いつもよりかなり後ろ向きになっている)

考え込むうちに重くなってきたまぶたを押し上げようとするが、なかなか上手くいかない。

せめて離婚届は片付けないとと考えるけれど、身体はとうに眠気でだるくなっており、指もろくに動かない有様で。

そこで璃里の意識はぷつりと途切れた。

◇◆◇

マンションの地下にある駐車場へ車を停《と》めた瞬間、六条誠司は自分の中で張り詰めていた緊張の糸が緩むのを感じた。

朝に家を出てからここまでずっとオンだった仕事モードが速やかに切り替わり、医師としてではなく個人へ戻る瞬間を心地よく思いつつエンジンを切る。

ミラーがちゃんとしまわれていることを確認しようと視線を横へ向ければ、助手席の上に小さな箱が置いてあるのが目に入り、誠司は我知らず口元を緩め微笑《ほほえ》む。

「……遅くなってしまったな」

社内で消えゆくデジタルサインの中、時計が二十一時の終わりを指し示していた。

人の生き死にに関わる医師には、土日も夜も関係ない。

患者がいて、人手が足りないと言われればすぐに病院へ向かわなければならないし、着いたらやるべきことは次から次に湧いてくる。

そもそもが患者を診察し治療を施して終わりではない。電子カルテへの記載から始まり、平日は忙しく手をつけられない申請書や保険の書類などの記入もしくは医療秘書への記入指示、入院患者の申し送りの際に出た疑問点や投薬についての解答、製薬会社の営業から回ってくる説明会やら注意文書へのメールに加え、若手のうちは論文や学会準備も含まれる。

それだけでもきりがないというのに、誠司は病院経営にも携わっており、いくつもの委員会や視察の予定、会合などが加わってくる。

まさに朝から晩まで息をつく暇もないという状況だ。

おまけに今日は救急患者の緊急手術の執刀まであったので、どうかすると平日のほうが予定がわかっている分楽という状況だった。

なのに日付が変わる前に家に帰り着けたのは奇跡に近い。

「珍しくじいさんに感謝だな」

人前では決してしない、やや砕けた言葉遣いでつぶやき、長い息を吐く。

救急と麻酔科が共同で見ているＩＣＵに引き継いだものの、やはり、自分がオペに携わった患者の入院初日は気を遣う。

というのも初日は容態の変化が出やすく、そのほとんどが緊急対応が必要なものが多いからだ。

当然、今日も当直になると考え、夕食を仕入れるべく院内コンビニへ足を運ぼうとしていたが、その途中で院長――つまり祖父に出くわした。

出くわしたなど、熊かなにかのような表現だが、誠司にとってはまさしくそうで、この祖父というやつは齢七十五を越えているというのに足腰壮健、顔色は常につやつやという健康の権化のような男で、その上、無駄に声がデカい。

その上、生来のものなのか年によるものなのか、身内に対してとにかく口うるさい。

唯一の例外は親友の忘れ形見から生まれた共同経営者夫妻で、その夫妻――伏見の両親が亡くなってからは、彼らの娘である璃里ぐらいのものだ。

なんだ、土曜日なのに病院にいるのか。仕事か。璃里ちゃんはどうした。と問い詰められ、嘘を言うほどのことでもないと、救急患者に対応していたと答えれば、心底呆れた顔をされた挙げ句、早く家に帰ってやれと説教された。

病院内で遭遇したということは、祖父も仕事をしていたに違いないのだが、それはそれ、これはこれという奴らしい。

ともかく、家に帰れ。たまにはケーキか花束でも買っていけと言われ、当直の予定をあっさり返上させられた。

不幸なのは、代わりに当直を命じられた同僚――高校時代からの友人かつ、妹と結婚した今は義弟でもある豊坂《とよさか》馨だろう。

（まあ、あいつは最近、妙にそそくさと退勤して残業拒否の構えだったから、今回ぐらいはいいだろうが）

オペの助手をしていたのなら、豊坂にだって当直できるだろう。もともとどっちが執刀してもかまわない症例だったのだしと言われ、まあそうですがなんとかかんとかと言い訳する豊坂を身代わりに、これ幸いときびすを返して帰宅準備をした。

祖父に言われたからという訳でもないが、車で帰る途中に少しだけ遠回りして遅くまでやっているケーキ店に駆け込んで、璃里が好きなフルーツタルトとチーズケーキを二つずつ購入した時もまだ平静でいられた。

だがここまで来るともうダメだ。自《おの》ずと頰が緩んでしまう。

「喜んでくれるだろうか」

もちろん、妻である六条璃里のことだ。

五年と少し前、彼女の両親が亡くなったことを切っ掛けに、成り行き任せとも思われそうな強引さでプロポーズし、結婚を了承させた妻だ。

とはいえ結婚を申し込んだ時はまだ高校生な上、その後、四年間は大学に通っていたのを理由に手出しを祖父から禁じられていたため、いまだ夫婦というより想い人という感が強い。

今年に入ってようやく彼女が社会人として六条伏見病院へ入職し、働き始め、これを切っ掛けに夫婦生活をと意気込んだものの、やはり学生時代とは勝手が違うのか、四月五月は自分のことで手一杯に見えるため手を出しかね、六月から九月までは自分が多忙で顔を合わせる機会が少なく、秋に入ってからは今更どう〝初夜〟を切り出せばいいかわからなくなっていて――と、一年が過ぎてしまった。

このままではいけない。とくに男としての衝動が限界に近い。押し倒して嫌われたら死ぬ。などと最近はかなり切羽詰まってきている。

なので今日こそは！　と意気込んでいるものの。

「美智香なら、ケーキや花束で喜ぶ女が今更いるわけないじゃない……とか言いそうだな」

しかも二十二時過ぎそうだ。二十二時過ぎたら太る！　太るのに食べたいものを買ってくるなんて気が利かない！　と滅多打ちにされそうだが、妹の美智香と璃里は違う。

なにごとにも素直かつ日々の暮らしの中で、細やかな歓《よろこ》びを見つけては笑う彼女のことだ。きっと喜んでくれるだろう。

――などと、少々浮かれた足取りで高層階直通のエレベーターに乗り込んでいるあたり、自分の妻に対する想いはかなり重症だと誠司は思う。

病院の共同経営者夫妻の娘で幼なじみ、妹の親友。

それらを飛び越え、璃里を女性として意識したのは結婚を申し込む数分前だ。

突然訪れた両親の死に、誰よりも泣き崩れたいだろうに我慢して葬儀に参列した人々へ頭を下げて御礼をいい、精進落としのお運びに片付けにと忙しく立ち回り、可愛《かわい》げないという囁きさえ聞こえないふりを通し、気丈にも年に似合わぬ立派さで凜としていた彼女が、夜に降りしきる霧雨の中、裏庭でうずくまって泣いているのを見た時、誠司の胸に衝撃が走った。

昼に見た時よりずっと細く、儚《はかな》く見える姿に心を揺らされ、たまらず傘をとって差し掛ければ、胸に飛び込んできて泣いたっていいのに、彼女は大丈夫と自分に言い聞かせるようにつぶやき、今にも消え入りそうな微笑みを浮かべた。

その時、心を奪われた。

これから先をどうするか問いかけた誠司に対し、俯《うつむ》いた彼女の白いうなじがやけに色気を帯びて見え、まずいと動揺するのを必死で押し隠していたので、無愛想と言われるいつもより硬く、そっけない口調になったのに舌打ちしたくなった。

だけど璃里は、ひどいとか、親身じゃないと反発するのではなく、やはり淡く微笑んで、これからどうしたいか聞いてくれたのが嬉しいと囁いた。

次の瞬間、誠司は結婚を口走っていた。

今想えば生涯最大の勢いだったと言ってもいい。

きょとんとした顔でこちらを見上げられ、あわてて、病院のためにだとか、親族の家に行くよりはとか、思いつく限りの理由を述べることで、璃里を〝女〟として意識し、強烈に欲したことを悟られないようごまかした。

それがよかったのか、悪かったのか。

しばし思案したのちに彼女はうなずいて――。

(そこから四年半、忍耐の日々になったわけだが)

恋する女性が目の前にいて、妻なのに手出し禁止と厳命され、それ以上に学生であった彼女を妊娠させ、いろんなものを諦めさせることで嫌われたり、避けられるのが嫌で、キスすら我慢していたのだが。

我慢しすぎて、恋愛感情が限界まで振り切って、一緒に暮らし始めたら暮らしはじめたで、彼女の仕草や表情にいちいち参ってしまい、尊くて手を出せない。

仕事先の病院では謹厳だの冷徹だの言われる自分が、その実、妻にメロメロすぎるただの男だとは、誰も思うまい。

というか、多分知られたら引かれる。

他人どころか妹や祖父にドン引かれても一向に構わないと思うが、璃里に引かれるのは嫌だ。

嫌だが、やはりアレコレしたい。したいが、数年間、節度ある距離を保ってきた分、どうすれば事に及べるのかわからない。

恋愛感情というものを璃里以外の異性に抱いたことがないため、そもそもデートに誘う常套手段《じょうとうしゅだん》すら知識がない。

それが、大病院の次代院長かつ将来有望な心臓血管外科医と言われる六条誠司最大の悩みである。

駐車場から家の前まで妻との出会いから今までを回想しつつ、誠司は家の中へ入る。

センサーライトが灯《とも》ったことで、璃里がリビングにはいないことがわかりがっかりしたものの、薄く開いた客間——今は璃里の私室になっている——から、明かりが漏れていた。

よかった。寝てない。いや、今日びの中学生でもまだ夜更かしだから、起きていて当たり前なのだが。

そんなことを考えつつ、咳払《せきばら》いの後にそっと声をかける。

「璃里、ただいま。……起きているか」

ニヤけた顔と浮かれた声では下心丸出しだろうと、顔を引き締め声を低くするが返事はない。

「ケーキを買ってきたんだが、よかったら一緒に食べないか」

もしかして無視されたのか、と内心焦りうろたえるが璃里はそんな風に不満を相手に察させようとするタイプではない。

またもや反応がないことに唾を呑み無言でいると、中からすうすうと心地よさそうな呼吸音が聞こえた。

「……寝ているのか」

内心ドキドキしつつ開いていたドアを少し引きうかがえば、璃里がローテーブルにつっぷっして寝ているのが見えた。

ほっとしつつ部屋の中へ入れば風呂上がりにすぐ寝入ってしまったのか、パジャマの上になにも羽織っていない璃里の姿。

そういえば妹の美智香と出かけるとSNSにメッセージが残っていたと思い出す。

幼少期を海外を拠点とする両親と一緒に天真爛漫《てんしんらんまん》に過ごしたためか、美智香は無邪気にわがままを言う。真面目で友達思いの璃里のことだ。きっと随分連れ回されたに違いない。

今度注意しておかないとなと心のメモに書き留めつつ、誠司は璃里の肩に手を置くがそれでも目を覚まそうとはしない。

どころか「んんっ……」と愛らしい声で呻《うめ》かれて、心臓が小さく跳ねる。

あわてて横顔から目を逸らせば、石鹸《せっけん》のフローラルな香りが鼻孔をくすぐり、洗い立ての黒く艶《つや》やかな髪を割って覗《のぞ》く白いうなじ。

先ほどとは違う理由で唾を呑んで、誠司はそっと手を離す。

急速に身体の血が熱を持ち、あらぬところに集中しだすのを感じてしまい、誠司はあわてて深呼吸する。

——まずい、このままうなじに口づけてかぶりつきたい。

熟しきり、今にも甘い果汁がしたたりそうな滑らかな肌から目をそらし、荒れそうになる呼吸を制すると、誠司はそろそろとケーキをローテーブルの上に置いて、眠る璃里を起こさないよう気を付けながら脇にあるベッドへ横たえ、隠すように毛布をかけてしまう。

早く立ち去らなければ、このまま襲ってしまいそうだと、くらくらする頭で考えつつ立ち上がった誠司は、そこで冷水を浴びせられたかのように真っ青となる。

ローテーブルの上にある紙切れが目に入ったからだ。

一度丸めて捨てようとしたのか、くしゃくしゃに皺が寄った紙の上には嫌になるほど真っ直ぐな緑の線が走っており、そこに不吉な黒い文字で六条と書かれていた。

（……離婚届、だと）

震える指で紙を摘まみ眺めれば、書きかけの紙に想像通りの単語が印されている。

息を殺しながら紙を畳んで、ローテーブルの横に置いてあった璃里のトートバッグに差し込む。

そのまま三歩後退して、音を立てないよう細心の注意を払って扉を閉める。

「離婚届だと……？」

先ほどの内心で思ったことを、囁き声にして繰り返す。

どうしてだ、なぜだという問いが頭を占める。

あんな紙切れなんて捨ててしまえと感情的な自分が脳裏でわめいていたが、それをして璃里が起きたらと怖《おそ》れる気持ちが勝っていた。

今、璃里が起きて、〝話があります〟なんて切り出したら、きっと俺は死ぬ。

叫びたい気持ちを押し殺し、天井はめ込み式の蛍光灯で妙に白々しく照らされた廊下を忍び歩きで進む。

リビングに入り、後ろ手にドアを閉ざしようやく息を吐き出せば、背筋といわず手にもどっと汗が噴き出していることに気付く。

離婚、りこん、リコンと、アラームじみた声が耳奥で繰り返されるのを感じつつ、冷蔵庫を開けミネラルウォーターを一気飲みすれば、そこでようやくものを考える余裕ができた。

(どうして、璃里が離婚届なんかを)

思った途端、自嘲の笑いが口からこぼれる。

相思相愛の夫婦ならいざ知らず、璃里は便宜上仕方なく自分と結婚しただけだ。

彼女の両親が亡くなった後、莫大《ばくだい》な遺産を手にしたい璃里の親族達が揉《も》めていたことを、彼らが金以外興味がなく、そのことにも憤っていたのを思い出す。

璃里は自分を守るため、蔑《ないがし》ろにされるだろう未来を避けるため、一番適切な道を——六条家の一員になることを選んだだけで、誠司を好きな訳ではない。

いや、そうであったとしても、この四年、学生だから、勉学に親しむ機会を彼女から奪うなという祖父の命令で手を出さなかった自分も悪い。

ただ暮らしを守るためだけに家族となった相手を、なにもないまま〝男〟として見ることはないと、どうして気付かなかったのか。

乱雑に手の甲で口元を拭い、誠司は固く目を閉じる。

（好きな相手ができたら伝えろ、離婚という手もあるのだから……なんて、大人ぶった態度で言っていたのは俺だろう）

その時はまだ余裕があった。好きな女を妻にしたという達成感と優越感もあったし、既婚者である以上、他の男は簡単に手を出せまいと楽観視していた。

もちろん、六条の実家に住まわせ送り迎えをし、妹を誘導尋問して行動を把握するというえげつない囲い込み作戦をしていたが。

それでも人が恋に落ちるのを止めることはできないと、今、まさにこの瞬間に思い知らされた。

考えれば自分も、それまで妹か遠い親戚に思っていた璃里に恋したのも一瞬だった。

手を額《ひたい》に当てて考える。

だとしたらいつだ？　大学時代は女子大で、ほとんど美智香と行動を共にしていたので可能性は低い。

（だとすると、就職してから……まさか病院内でか）

雷に打たれたような衝撃が走りよろめきかけるが、すんでのところで踏みとどまり、思考を忙しく働かせる。

医師か、医療者か、いや同じ部署か仕事で関わる事務方あるいは出入りの業者の可能性もある。

自分が経営者として把握していた以上に、対象者が多いことに気づき目眩を覚えたが、それでも洗い出す必要がある。

それと同時に、璃里に改めて自分を評価してもらいたいと、〝男〟として意識してもらいたいと強烈に思う。

そのためにはなにをする必要があるのか。

決まっている。

積極的に彼女を知るだけの時間が、誰にも邪魔されない二人の時間が必要だ。

第二章　堅物夫が溺愛の限りを尽くしてきます！

スマートフォンのアラーム音で目が覚めた璃里は、最初、自分がどこにいるのかわからなかった。

昨日、美智香から預かった離婚届を片付けようとして、そこで寝落ちしてしまったと思い出し、あわてて上半身を起こせば、いつも通りの自分の部屋でしかもちゃんとベッドの上で横たわっていた。

おまけに電気もちゃんと消していて、いつの間にといぶかしむ。

（寝ぼけたままやったのかな……）

今までそんなことはなかったので、どうにも腑《ふ》に落ちず首をひねり、ひょっとして誠司さんが――と考えるに至り、そこであわてて目をみはり布団を蹴りのける。

離婚届！　と叫びそうになったのをかろうじて押し留まれば、しゃっくりに似た変な声が出てしまう。

それに構わずローテーブルに駆けより面を見るが、確認するまでもなく片付いている。

ひょっとして捨てたのでは。だとしたらゴミ出し日に誠司さんに見られて大変なことになるかもしれない。

今《いま》の処《ところ》、美智香の離婚話は璃里と彼女だけの秘密だ。知られれば誠司だけではなく六条のお祖父様、つまり孝司まで巻き込んで騒ぎになってしまう。

それはいけない。

浮気しているというのはあくまでも美智香の主張であって、本当のところはどうなのかまだ確たる証拠はない。もちろん、本人に問いただしてもいない。

そんな状況で先走って浮気だのなんだの話していたと知れたら、疑われた豊坂だっていい気持ちはしないだろう。

信頼されてないと傷ついて夫婦喧嘩、場合によっては本当の離婚になりかねない。

(家に帰ってくるのが遅いとか、自分が知らない香水みたいな香りがするとか。それだけでは浮気と言えないし。なによりあの豊坂先生が浮気っていうのがまず信じられない)

やや、お調子者《ちょうしもの》な部分はあるが、基本的に明るく温和で、その上、美智香を溺愛しているのに。

(美智香ちゃんは、溺愛は浮気の申し訳なさの表れに違いないのよ！　なんて言ってたけど……)

他にもいろいろ言っていたなと思い、ゴミ箱を見るもなにもない。

一体どこへと青くなりつつトートバッグを探すと、すぐ、几帳面なほど角を合わせて折りたたまれた離婚届が出てきてドキリとする。

あわててバッグの底に沈め、上からメイクポーチやら手帳やらで重しをして深呼吸する。心臓に悪い。

自分のものではないが、同じ苗字が印された離婚届なんて持っているのが知られれば、あらぬ疑いをかけられる。

どころか〝そうか。離婚したいのか〟とすんなり納得されて、そのまま提出の運びになりそうだ。

スピード婚約な上、スピード結婚。駄目押しにスピード離婚と揃うのは、いくらなんでも勘弁してほしい。

はーっと大きく溜息をついて肩を落とす。

「ともかく顔を洗おう」

歯を磨いて顔を洗って、それで頭をすっきりさせてからコレをどうするか考えよう。

美智香に思い直してもらうのが一番いいが、浮気疑惑で普段以上に感情の波が激しくなっている彼女を説得するのは難しい。

そんなことを考えつつ廊下に出れば、空気の流れに乗って珈琲《コーヒー》のいい香りが鼻孔をくすぐる。

それで誠司が帰って来ていることに気付いた璃里は、身支度もそこそこにリビングへと足を運ぶ。

秋の透き通った日差しが全面ガラス張りの窓から射し込むまぶしさに手をかざしつつリビングを見渡していると、キッチンのカウンターに腰を預ける形で誠司が珈琲に口をつけていた。

「あっ、誠司さん。おはようございます」

当直開けで疲れているのか、なにごとか考え込んでいるのか、眉間に皺をよせた表情で、不味《まず》そうにちびちびと珈琲を飲んでいた誠司は、璃里の元気のよい挨拶にびくりと肩を跳ねさせ、それから、数秒の沈黙を挟んだあとでやけに物憂げに「おはよう」と応えた。

（朝まで救急患者が立て込んだのかな……）

急に冷え込んでくると、それだけ血圧の変化が大きくなる。すると、心臓への負担も増え、当然のごとく心臓血管外科医である誠司も忙しくなる。

とはいえ昨日は暖かく、夜もさほど冷え込まなかったはずだがと内心で首をかしげつつ、璃里はキッチンへと急ぐ。

「ごめんなさい。声、大きかったですよね？　びっくりさせました？　すぐ朝ごはんを用意しますすね」

見れば、昨日でかけたままの姿とほとんど変わりない。

変わったところといえば上着をカウンターにあるスツールの背にかけ、シャツとネクタイをくつろげ喉元を顕《あら》わにしているところと、いつもはきちんと整えている髪が乱れて、幾筋か額におちかかっているところだろうか。

常にオーダーメイドの三つ揃えを着ている誠司が、こうして服装を崩していることは珍しい。朝帰りでもくたびれた処をまるで見せない人なのに。

そう思う一方で、璃里はどぎまぎとしてもいた。

（隙のない服を崩して珈琲を飲む誠司さんに、色気を感じるなんて）

変だ。いつもなら挨拶をしたぐらいでドキドキはしないのだが、今日はなんだか――目のやり場に困る。

カフスの緩んだ袖口から見える手首のゴツっとした骨のあたりとか、喉仏から鎖骨にいたる直線的なラインとか。

額にかかる髪が鬱陶しいのか、半分伏せるようにしている目元とか。

そこ、ここに大人の男を感じさせる艶が漂っていて、変に鼓動が逸ってしまう。

きっとなかなか見られない姿だからだと自分を納得させ、そうすることで気持ちを落ち着かせようとするが、どうしても上手くいかない。

朝帰りかな、いつも通り、着替えを取りに戻っただけかな。トーストならすぐ用意できるからそれにサラダと目玉焼きをつけて、などと考えつつ上の空で手を洗っていると、唐突に横から誠司の手が伸びてきて璃里の腕に触れる。

「ひゃっ」

思わず変な声が出てしまい、璃里は手が濡れているのも忘れ口にあてる。

「すまない。驚かせるつもりはなかったんだが……。その食事の用意をしようとしていたみたいだから」

ウォールキャビネットにかかっていたタオルを手早く取って渡しながら誠司が告げる。

「あ、もうすぐ出ますか？　お疲れ様です。じゃあ着替えの準備を」

手を拭きながらウォーキングクローゼットのほうへ行こうとすると、またもや腕を取られびっくりする。

(どうしたんだろう。なんだか焦ってるみたいな)

いつもなら悠然としつつうなずくばかりだったのに、今日はやたらと行動的だ。

そのことに目をしばたかせつつ誠司を見上げれば、彼はうっと詰まったような呻きを上げたのち、妙にわざとらしい咳払いをして続けた。

「いや、今日は休みなんだ。病院へは行かない。だからその」

なにか考えるように視線を天井へ上げ、数秒をおいた後に誠司は少しだけ勢い込んだ口調で告げる。

「一緒に、朝ごはんを食べに行かないか？」

「えっ」

結婚して初めての誘いにドキッとする。

夫婦といっても書類上で、一緒に暮らしだした今もそれらしいことはない。

仮面夫婦というほど無関心ではないが、こうして積極的に誘いを掛けてくることはない。

なにかのついでで声を掛けることはあっても、一緒に出かけることを目的にするのは精々年末年始や四季折々に親戚が集まる実家への――六条家への顔出しの時ぐらいで、プライベートで出かけるなど今までになかった。

飛び上がりたいほど嬉しい反面、どうしたのだろうとも思う。

夫婦というより家族や兄妹という表現がぴったりくる距離だったのが、急に近くなっている。

ひょっとして自分を意識してくれているのかな、と思いかけ、すぐにないないと打ち消す。

すると誠司が、困ったような、それでいて照れたような顔をして続けた。

「近くのカフェにフレンチトーストが美味《おい》しいところがあると、医局で聞いたんだ。甘くてフルーツが山盛りで。……女性に人気らしくて」

それを聞いてああ、と納得し少しだけがっかりする。

きっと疲れていて甘い物が欲しくなっているが、女性が多いので一人で行くのが恥ずかしいのだろう。

堅物な外見に似合わず、誠司は甘い物が好きだ。お酒をほとんど飲まないこともあるのかもしれないが、ちょくちょくケーキやプリンを買って帰ってくる。

(医師って頭脳労働で体力労働だからなあ。カロリーもすごく使うんだろうなあ)

特別に鍛えている訳ではないというが、誠司は深夜だろうが早朝だろうが、休みの前日はマンションの二階にある二十四時間サービスのジムに通って身体を絞っている。

が、今日はまだスーツ姿ということは、それをする気にもならないほど疲れているということだろう。

「そうですか。私でよければお付き合いします」

「本当か」

喜色に満ちた声にまた驚かされる。

(よっぽど行きたいお店だったんだろうなあ)

嬉しそうに笑う誠司を見て、心がほわっと温かくなるのを感じながら璃里はじゃあ着替えてきますねと告げ、自室へ戻る。

デートというにはささやかだが、二人で出かけるなんて本当に久々で、多分、元旦の初詣以来だ。

とはいえあの時は二人ででかけたというより、途中で美智香と豊坂の夫婦がはぐれ二人きりになってしまったというのが正しいが。

浮かれた足取りになるのを堪えつつ部屋に入り、クローゼットの中を開く。

一体どんな服を着ればいいのだろう。メイクはどうすれば可愛く、いや、大人っぽく見られるだろう。

女子らしさを見せる最大の機会なのだと思う気持ちと、いやいや、日曜日の朝から気合いを入れすぎたら引かれるよという気持ちがない交ぜになって、なかなか服選びが進まず、結局、璃里が身支度を調え終えるまで三十分も掛かってしまったのだった。


日曜日の朝からやっているというカフェは、自宅マンションがある青山から車で数分ほど走った先にあった。

歩いて行くには少し遠いが、車だと近いという絶妙な距離は青山の住宅街に住む人々にとっては絶好の散歩ルートらしく、まだ朝十時にもならないというのに店内にある席のほとんどが埋まっていた。

道路に面したパティスリー部分には焼きたてのパンやサンドイッチ、そしてケーキやスコーンが売ってあり、その奥にカフェが併設されている。

季節柄なのか並ぶ商品には栗やさつまいもの入ったバタールや、キノコを使ったチーズトーストといった秋の味覚が多くみられ、どれも美味しそうだ。

ケーキはフルーツが盛りだくさんなものから、シックなショコラやピスタチオを使ったものまであり見ているだけで幸せになる。

なんでもベルギーに本店があるパティスリーの海外初支店だとかで、日中は行列ができるほど人気なのだそう。

とはいえ日曜日の朝は近隣の人だけなので、意外に穴場なのだとか。

(うわあ、美智香ちゃんを連れてきたら喜びそう)

勤務する大学病院とそれぞれの家の中間地点にあるのもポイントが高い。

次に来た時はケーキとパンを試そうと心に誓いながら、老執事といった風体のギャルソンに案内されカフェの席につき、メニューを広げられてまた溜息。

フレンチトーストが人気だと誠司が言っていたが、本当にいろんな種類がある。トッピングやソースも多種多様で、璃里は目移りしてなかなか決められない。

やっぱり栗、いやベリーも捨てがたいと真剣な顔でメニューを睨む璃里を前に誠司は一番ベーシックなハニーメープルを頼んでいた。

見かねたのか、先ほど案内してくれたギャルソンさんがチョコレートは本場ベルギーのものだから格別と教えてくれて、璃里はようやくショコラアンドナッツを選ぶ。

本当は生クリームとバニラアイスをトッピングしたかったのだが、そこまでやるとなんだか子どもっぽい感じがして気が引けた。

ほどなくして、ほかほかとした湯気を立てながらフレンチトーストが運ばれてくる。

トーストのサイズは小さいが分厚さはなかなかで、迫力のあまり璃里はわあっと歓声を上げて、あわてて口を塞ぐ。

見れば誠司がとても楽しげに目を細めて笑っており、どれほど自分が子どもっぽい仕草をしたのかと赤くなってしまう。

「ごめんなさい騒いじゃって」

「いや、可愛くていいと思うぞ？」

本気かからかってるのか、わずかに語尾をあげた口調からはよくわからない。

(折角《せっかく》、シンプルかつシックに服を決めたのに、やっぱり〝可愛い〟かあ)

内心がっくりしつつ、だが笑顔のままフォークを取る。

今日の璃里はモカブラウンのセットアップに白いタートルネックセーターとシンプルな装いに抑え、足下だけ艶のある素材でできた黒のレースアップのシューズにして引き締めている。

雑誌で見て、素敵だと思い試したのだが、璃里がやると背伸びをした女子大生にしか見えない。

対する誠司は黒のデニムにざっくりとした白の編み込みセーター、それにモスグリーンのコーデュロイのジャケットを合わせている。

全部別の色なのに、全体を見るとしっくりと決まっている上に季節感もあり、落ち着いた彼の雰囲気にとてもよく似合っている。

しかも璃里が服を選んでいる間にシャワーを浴びていたせいか、まだ乾ききっていない髪が艶めいていて、それが妙に大人の色香を漂わせている。

もともと外見がよく、上背もあることから誠司の存在は目立っており、早起きして来店したとか言う斜め前の席の女子大生たちが、ちらちらとこちらに——というか、誠司に視線を送っては、素敵だのイケメンだの囁いているのが耳に届く。

どこに行っても目を引く人だなあ。と思っていると、女子大生がちらと璃里を見て「恋人?」「妹でしょ」などと言うのが聞こえてしまった。

途端、初デートだと浮かれていた気持ちが、空気の抜けた風船のように萎《しぼ》んでしまう。

(やっぱり、兄妹にしか見えないよね……。恋人らしい雰囲気がないというか、ううん、私に色気がなさすぎるから)

だから誠司も手を出す気になれないのだという結論が、いつも以上に重い。

フォークを手にしたまま、一向に皿に手をつけないのをいぶかしんだのか、誠司が少しだけ心配げに声をかけてくる。

「どうした。食べないのか」

「あ、ううん。……えっと、メニューの写真よりボリュームがあるなあって」

ちょっと怯《ひる》んじゃった、と笑いでごまかすと、誠司は少しだけ眉根を寄せたが、すぐ表情を和らげた。

「大丈夫だ。俺がいる。だから気にするな」

残しても大丈夫だという意味だとは思うが、一瞬だけ他人ではなく自分の言葉だけ信じろと言われたように思え、璃里は、よしっと気合いをいれてフレンチトーストに挑みだす。

医局で噂《うわさ》になっているのはなるほどで、外はカリカリ、中はプリンみたいにとろっとろのぷるんぷるんで卵の味が濃厚だ。

そこにほろ苦いチョコレートソースが絡んで、芳醇《ほうじゅん》な風味が口いっぱいに広がるのもいいし、ナッツの香ばしさと歯ごたえがなんともいえないアクセントになっているのもいい。

先ほどの囁きを心の底へ追いやって、璃里は美味しいものを食べることに集中する。

おかげで食べ終わる頃にはすっかり気分も持ち直していた。

我ながら単純。と思ったが、美味しいものは正義だし、なにより女子大生たちが途中で退店したのもあった。

(だけど、いつまでも妹じゃいけないよね……。妻として見てもらわなきゃ)

祖父や両親が望んだのは、誠司と璃里の結婚だが、それは目先の目標で、本当のところは、六条家と伏見家、両家の血を引く子に病院を託し、発展させてほしいとの願いがある。

そのためには誠司と璃里の間に子どもができることが必須であり、そのためにも夜の夫婦生活は欠かせないのだ。

これは本気でなんとかしなくては、美智香のように思い込みではなく本気で離婚という話が出てくるかもしれない。

それは嫌だ。嫌だけど自分より遥《はる》かに大人な誠司をどうすればその気にさせられるのだろう。

ぼんやりと考えるうちに食後の珈琲が冷めていて、気づき、勿体《もったい》ないことをしたなと口に運べば、いやに真剣な目で誠司が璃里を見つめていた。

「どうかしましたか?」

「いや、なにか考え事をしているようだから話しかけるのはやめておこうと思ったんだが。その、璃里には話が……」

璃里と名を呼ばれたと同時に客が来たのか店内が騒がしくなり、その先がよく聞こえない。だからもう一度、言ってもらおうと身を乗り出した時だ。

二人を邪魔するようにスマートフォンの着信音が流れだし、誠司と璃里は同時に肩を跳ねさせる。

初期設定のまま変えられることのない単調なメロディーは、それが病院からのものだと伝えていた。

迷うように視線を走らせてきた誠司に、いいから出てと仕草で伝えれば彼はスマートフォンの画面表示を確認しながら席を立つ。

（なんだったんだろう。話がどうとか言っていたけど）

璃里からは特段なんの話もない。強いて言えば美智香の離婚騒動についてぐらいだが、彼女が主張する浮気の証拠はどれも曖昧で、他に相談して騒ぎに巻き込むのも気が引ける。

だとすれば誠司からなにか話があると考えるべきだが。

そこまで来て、璃里ははっと息を呑む。

「ひょっとして……、手遅れ、とか」

嫌な汗が背中を伝う。

誠司と璃里の間に問題はない。ごく当たり前にありがちな日常を繰り返すだけで、当然夫婦としての関わりもほとんどない。

医師会の忘年会や学会関連のレセプションに夫妻として参加するという公務もあるにはあるが、今までは璃里が学生であったこともあり遠慮していた。

病院でも、就職が決まった時から苗字が〝六条〟であることや、誠司が病院だけでなく大学病院の非常勤を務めており、収入や保険関係は庶務ではなく税理士や実家にいる六条家の秘書が処理しているので、周囲も夫婦だと気付いている様子がない。

つまり。

（名義上の夫婦ですら辞めたくなったとか。好きな人ができたとか……そういうことかな）

一番ありうる結論に、胸がずんと重くなる。

事情があったとはいえ、十も年が離れた小娘と結婚しているが、誠司は来年三十四歳だ。好きな女性の一人や二人いてもおかしくはないし、そろそろ子どもをと考えた時、璃里より好きな女性と——と思うのは自然だ。

なにより、結婚した直後に言われていたのだ「好きな人がいたら伝えてほしい」と。

それは璃里に好きな人ができたら、この結婚から自由にしてくれるという意味合いだと思っていたが、逆を言えば誠司に好きな人ができたら伝えられ、別れを願われるということでもある。

考えれば考えるほどそれしかないという気がしてきて、不意に訪れた夫婦の危機に璃里は心中で焦る。

思いも寄らない未来に、どうしよう、どうしようと頭で繰り返していると、外で電話していた誠司が申し訳なさげな顔で戻って来た。

「璃里、その」

「病院でしょう？　私は大丈夫ですから行ってください」

いつも通りの笑顔になるよう、心の混乱を押し隠しつつ伝えれば、彼は戸惑うように口を二、三度開閉させ、それから伝えてきた。

「わかった。なら、すぐここを出よう。家まで送る」

「いえ、大丈夫です。そんなにお家まで遠くもないですし、夜でもないです。それに、お店が開き始めるだろうから夕ごはんの買い物もして行きたいし」

二人きりになったら、先ほどの続きになりそうで、璃里は思いつく限りの理由を並べ立てることで、別行動への逃げ道を探す。

誠司は璃里の言葉にわずかに眉を上げたが、急いでいるのかすぐ顔を仕事中の無表情なものへと変える。

その瞬間を見計らって、璃里は駄目押しの一言を加えた。

「早く行ってあげてください。患者さんを助けてあげて」

建前の理由ではなく本心から願いつつ伝えると、誠司は一つうなずいて伝票を持って店を飛び出した。

一人残された璃里は、天井を見ながら息を吐く。

夏は回転しているだろう木製の送風機が、なぜか滲《にじ》んで見える。

「離婚、したくないなあ」

便宜上の結婚、書類上の夫婦。離婚すべき理由はいくつも浮かんだが、離婚しない理由などなにひとつとして見つからなかった。

「猫ぉ？」

素っ頓狂な声で璃里は美智香が述べた単語を繰り返す。

場所は二人が勤務する六条伏見病院から少し離れたパスタ屋だった。

璃里が目を大きくし呆れた表情を隠さずにいると、前の席でボンゴレを食べていた美智香がフォークを置いて、口を拭い、それからテーブルに両手をついて頭を下げた。

「ごめん。璃里、本当に騒がせてごめん！」

今日はおごるからと付け加えつつ、美智香は心底申し訳なさげに眉を下げる。

あ、眉の下げ具合が誠司さんと似てるなと気づき、まったく別の人と食事しているのに彼のことを考えてしまうあたり重症だなとも思う。

「それで、猫って？」

「ほら、私、猫が苦手じゃない……。昔、事故に遭ってから」

ボンゴレに入っているあさりの殻をフォークでつつきながら、気まずそうに美智香がぼそぼそと言う。

小学校に上がるか上がらないかの頃、美智香は道端で黒猫を見つけ、その可愛さに追いかけてしまったのだ。

そこに運悪く車が通りかかり、轢《ひ》かれた、というよりかすめられた。

幸い、美智香より逃げ足の速い猫は無事だった上、道が狭く車が徐行していたこともあり、左手首にひびが入っただけで終わったのだが、それはもう祖父である六条のお祖父様や両親からこっぴどく怒られたらしい。

それ以来、美智香は猫を見ると反射的に固まってしまうようになってしまった。

一方、美智香の夫の豊坂馨は大の猫好き。

しかし美智香が猫を見るのも嫌がる。故にその反応は猫アレルギーがあるからに違いないと勘違いしていた。

が、偶然、病院の敷地内で黒の子猫が捨てられているのを見つけてしまい――。

家に連れ帰り、美智香がアレルギーで倒れるのも嫌だが、子猫を見捨てることもできない。

考えたあげく、豊坂は保護ボランティアに連れて行ったのだが、そこには黒猫だけでなく多くの猫が山ほどいて、次の飼い主を待っている状況で。

やっぱり見捨てることができず、美智香には内緒で支援や世話をしていたのだそうだ。

「それで帰りが遅くなっていたのね」

はーっと呆れとも感心とも着かない息を吐きながら璃里が言うと、美智香はうなずき、勘違いに照れた顔を赤くしつつ続けた。

「そう。猫の匂いがついてたり毛がついてたりしたら、私のアレルギーによくないだろうからって、家の近くにワンルームマンションを借りて、そこでシャワーを浴びてから帰って来てたの。仮住まいだからってシャンプーとかボディソープもコンビニで買ったものを使ってたらしくて」

家の帰りが遅い上、違う女の匂いがスーツや身体についてると憤慨していた謎が解けた安心感と、それならそうと言ってくれればいいのにという不満というか拗ねた気持ちもあるのだろう。

美智香は子どもみたいに膨れながら、言う。

「我慢できなくなって、浮気の現場を押さえようと思って後をつけたら、猫に囲まれてデレデレしてるんだもん。……馨さん、本当に人騒がせすぎる」

人騒がせは話もせず猪突猛進《ちょとつもうしん》に浮気！　離婚と騒いだ美智香のほうも同じなのだが、こういうことは当人でなければ深刻さがわからないものなのだろう。

「ともかく、よかった」

「うん。私も苦手だけど……嫌いじゃないというか、好き、なほうだから、結局家で飼うことにしたの」

渋々といった調子を装いつつ、まってましたとばかりにスマートフォンの写真アプリを開いて、買うことになった黒猫とやらの写真を見せてくる。

毛艶もよく、まん丸で小さくて、すごく可愛い。

これは豊坂と美智香がまいる訳だわと苦笑しつつ、璃里は胸を撫《な》で下《お》ろす。

「それじゃ、離婚は」

「ないない！　全然ない。くろすけさんもいるしさ」

〝くろすけ〟というのが新たに家族となった黒猫の名前だろう。

猫でこんなにデレているのだから、子どもができたらもっと甘やかすんだろうなと考え、そこで璃里はつい内心を漏らしてしまう。

「だったら、うちの方が深刻かも……」

独り言というには小さい声な上、ランチタイムで店内は賑《にぎ》やかだったというのに、美智香はしっかり聞いていたらしい。

すぐにどういうことよと硬くなった声が返ってくる。

「い、いや。なんでも……」

「まさか誠司お兄ちゃんが浮気してるとかじゃないでしょうね。だったら絶対締め上げて縛り上げて百叩《たた》き……ううん、千叩きぐらいするわよ！」

自分のことが解決したからか、世話好きで猪突猛進という性質をちらつかせつつ美智香が意気込む。

「いや、浮気は……多分してないいんじゃないかな」

とする。
「多分？」
「き、きっとしてない！　してないと思うッ」
璃里は注文したまま手つかずのサラダパスタを食べることも忘れ、美智香をなだめよう
とする。
が、絶対と言えない自分が悲しい。
（だって病院でも、誠司さん、塩対応なのにすっごくモテるし……）
仕事で頻繁に接する看護師に女性医師はもちろん、薬剤師や事務員、はてには食堂のお
ばちゃんにまで人気があり、彼が通った後はピンク色の噂話《うわさばなし》が花開くと有名だ。
いかにも堅物といった和風な外見がいいとか、誰にも態度を変えない孤高さが素敵だと
か、顔がいい上に次期病院長なのもあって、ともかく人気が高い。
特定の誰かと親しいとか聞かないし、璃里も誠司も仕事は仕事と考える真面目人間なた
め、院内ではしっかりと公私の別をつけているが、始終顔を合わせている訳ではない上、
医療情報部の職員と医師ではほとんど接点がないので、璃里が把握できていないだけかも
しれない。
男性の性的欲望は女性が考えるより強い。
しかも誠司は今年で三十三歳の男盛り。にも拘わらず五年間、璃里には手を出していな
いのだから、別の人と――ということがあってもおかしくない。

駄目押しに、璃里の外見は大人の女性というには幼い顔立ちな上、身長も平均より低く、胸だってそう大きくない。というかはっきり言えば小さい。

小さいほうが年を取ったとき垂れにくいからいいのよ。なんて美智香は言うが、おばあちゃんになる先のことより、今、切実にボリュームが欲しい。

そう思ってしまうほど、自分と誠司はまるで釣り合いが取れていないのだ。

(病院経営者の娘ではあるけど、まるで運営には関わってないし)

両親の遺産として経営権を保有しているが、その運用は六条の祖父と彼の弁護士に託しているため、病院の後継という意識がほとんどない。

三月の期末に決算報告書を挟んで説明されるとき、そういえばそうだったと思い出すぐらいである。

一応、四、五年は一職員として働いて、病院がどう回っているか理解できた頃に理事にと言われているが、まだまだ先のこととしか捉えきれていない。

つまり女性としての魅力や人間性を求められて結婚した訳でもなく、その結婚も親が言っていたことなどいろんな事情がからんでやむを得ずなため、誠司が璃里に手を出す気になれないのも理解できて――。

追求の手を緩めない美智香に負けてすべてを語れば、彼女はこれ以上は無理だというほど目を丸くした。

「え！　つまりまったく夜の生活がないってこと！　初夜も？」

「美智香ちゃん、声が大きい……ッ！」

慌てて制止する璃里の声も大きかったのか、店内の目がこちらに向いている。

羞恥で赤くなりつつ咳払いし、浮いていた腰を落ち着けて数秒。店内はなにごともなかったように元の落ち着きを取り戻していた。

（よ、よかった。病院から離れたところでランチを摂っていて）

とはいえセットのスープ以外、まるで手をつけきれていないのだが。

「あの唐変木。一体なにをしているのよ。いくら学生だからってことでお祖父様に禁止されてたからって、キスもないってどういうことよ」

いたたまれない気持ちでうつむく璃里に対し、美智香は頭を抱え、信じられないと繰り返す。

「しょうがないよ。私ほら、こんな子どもっぽい外見だし。それに、夫婦になるより先に家族になってしまったんだもん。きっと妹みたいなもんなんだよ」

「実の妹の私より大分、かなり、めちゃくちゃ璃里には甘いけどね」

そこだけ口を尖らせる美智香に、璃里は上目で疑問を発す。

「そうかなあ」

「そうよ。大体、璃里は誠司兄さんのこと、ずっと変わらず好きなんだよね？」

物心ついたころから無二の親友である璃里には、とっくに誠司への恋心はバレていた。が、互いが許嫁という立場にあったことと、璃里が恥ずかしいから絶対に言わないでと毎回釘《くぎ》をさすため、この件に関しては完全にノータッチで、それとなく誠司に匂わせるようなことはしていない。

「好き、だけど。誠司さんが私を好きになる訳じゃないし。……好きになる理由もないだろうし」

言えば言うほど自信がなくなっていく。

そんな璃里を美智香は半眼で見ていたが、璃里が黙り込んでしまったためか、余所《よそ》を向いて大きく溜息をついた。

「璃里の悪いところは、その自信のなさだよ。……私からすれば璃里はすごく可愛いし、清楚《せいそ》で落ち着いて見えるし、男心というか庇護《ひご》欲をくすぐられまくりなんですけど」

庇護欲がくすぐられると言われても、それがあるから家族から妻にステップアップできないことを悩んでいるのだから、まるで心に響かない。

「多分、可愛い、じゃダメなんだと思う」

そういえば誠司の好みってどんな女性だろう。

身内以外の女性には塩対応、身内の女性には甘塩《あまじょ》っぱいぐらいの対応なため、彼が好む女性というものがわからない。

璃里も女子中学、高校、大学と出ているが、誠司も同じくずっと男子校。

大学こそは共学だったが、圧倒的男子率の高い医学部出身だ。

今まで付き合った女性はもちろん、好みすら知らないことに愕然《がくぜん》としていると、璃里の考えを読んだらしい美智香がともかくと区切る。

「うだうだ悩んでいたって仕方がないでしょ。だったら、変わらなきゃ」

美智香のこういう思いきりと切り替えのよいところがうらやましい。

（いや、うらやましいじゃダメだな。見習わなきゃ）

いつまでもああだ、こうだと考えていても状況に変化はない。

だったら美智香が言うように、変わったと思ってもらえるように行動すべきではないのか――？

「変わらなきゃ、だね。……うん、変わらなきゃ」

「そのためなら協力するよ！　なんでも相談して……って、もう時間ないからさっさと食べちゃお。続きは仕事終わりに！　病院のカフェで待ってるから」

時計を見つつ言われて璃里は思い出す。そういえば昼休み中だった。

午前中より幾分か気持ちは楽になっている自分に気付き、璃里は美智香に感謝しつつ急いでサラダパスタを口に運びだしていた。

◇◆◇

心臓血管外科医局の横にあるレストルームはだらけた空気が漂っていた。

時間は午後二十時。

窓の外は真っ暗で、立ち並ぶ高層ビルに入居する会社の明かりもちらほらと消えだしていた。

とはいえ病院はまだまだ明るく、患者の診察を行う外来専用棟を除いた建物はどこも蛍光灯の白い光で溢《あふ》れている。

日暮れが早くなったな。と思いながら六条誠司はカップベンダーの自動販売機から出てきた珈琲に口をつける。

もっとも、十月でなくともこの時間は暗いのだが、誠司の感覚としてはつい先日まで夏だったのに知らず秋になっており、自分だけが時間から置き去りにされている気がしていた。

「今日は、帰れそうだなあ」

同僚で、中学時代からの友人でもある豊坂馨が、プードルみたいにふわふわの栗毛を揺らしながら大きく伸びをする。

「土曜日の緊急手術からだから、ええと……三日ぶりかな」

「金曜日も朝に着替えを取りに戻ったきりだから、四日ぶりだろう。お前は」

親友であると同時に妹の夫――義弟でもあるため、他の人に対するより若干砕けた口調で指摘すれば、相手は心底うんざりした顔で「同じでしょ、どちらも」と投げやりに返す。

みれば白衣の前ボタンを全部外し、濃緑色の手術着を腰にひっかけたまま、背だけソファに預けて座り込んでいる。

「お前な。服装、乱れすぎだぞ」

「いいでしょ。もう患者を診察することもないし。今日は俺らの他に四人も残ってるから、救急対応もないだろうし」

「……まあな」

「誠司君は疲れないの。四連続で緊急手術入った上に、駄目押しが交通事故の胸部外傷」

器用にも伸びとあくびを同時にしながら豊坂が聞く。

「体力の維持には時間をかけているから肉体的にはさほど。だが、精神的には疲れたな。とくに最後のやつは」

他に人がいないこともあってか、医師としてより友人として答えれば、相手は調子よく、でしょうでしょうと繰り返す。

昨日の朝、璃里と朝食を摂っていた時、救急から呼び出しがかかった。

なんでも新聞配達の老人がタクシーに轢かれ肋骨《ろっこつ》を骨折し、その際、折れた骨の先で胸膜に穴が空いてしまったのだ。

簡単に言えば肺という風船に穴があいた状態で、軽度なものなら呼吸しても空気が漏れて息苦しくなるぐらいだが、外傷性の場合は穴が大きいことが多く、そのためいくら息継ぎしても酸素が足りなくなってしまう。

と同時に漏れた空気が体内の別の場所に溜《た》まり、心臓や肺を圧迫していき――最悪の場合は死に至る。

いわゆる緊張性気胸《ききょう》というやつだが、これだけなら空気を抜くため管をいれるドレナージという手技で対応できる。

だが交通事故に遭った老人は血栓症をわずらっており、そのため、血液の塊を溶かす薬を飲んでいたのがやっかいだった。

本来なら空気を抜くと同時に、血を固めて傷を塞ぐ薬も使うのだが、これが使えない。

そうこうする内に出血が一時間に千五百ミリリットルを超える量となり、輸血ではまかなえないと判断され、救急から心臓血管外科に命のバトンが託された。

璃里の優しさに甘えかけつけ、すぐ手術着に着替え手洗いし緊急手術に入れば、出血量が多い上、レントゲンでは捕らえきれなかった小さな傷が複数あったことに加え、骨の破片が除去できず右心室に入っておりと――ともかく、例外のオンパレードで、じつに八時間以上を手術に費やした。

手術が終わればハッピーエンドなドラマなどとは違い、現実にはその後の処置としてICUでの容態監視や、他の科への引き継ぎ、薬剤投与の指示に入院手配、患者への説明とやることは盛りだくさんで、タスクをこなしている間に月曜の朝を迎えれば、平日おきまりの外来が待ち受けており、実に不眠不休で働きづめだったのだ。

正直、病院にいる間になにを食べていたのかさえ思い出せない。

食事らしい食事といえば、妻の璃里と行ったカフェでフレンチトーストを口にしたのが最後だろうか。

そこまで思いを馳《は》せ、誠司は不意に押し黙る。

仕事以外での、それも重大な悩み事があることを思い出したからだ。

「馨」

豊坂先生ではなく名前を呼ぶことでプライベートな会話であることを匂わせつつ、誠司はつづけた。

「人を好きになるって、どういうことなんだ」

「げほっ」

声に出しながら、口に含んだばかりのココアを吐き散らし、豊坂が咳《せ》き込《こ》む。

「いきなりなんつう質問を。……あーあ、汚れたじゃないか」

白衣の裾のほうにできた茶色い染みあたりを摘まみつつ豊坂はぼやく。だらけた姿勢と格好となっていても、白衣の汚れは許せないらしい。

「どうせ帰るだけだからかまわないだろう」

「そうだけど。……ていうか、なにいきなり。璃里ちゃん以外に好きな人でもできたの」

のんびりとした口調に似つかわしくない鋭い目でにらみつけてくるのを手で散らし、誠司は頭を振る。

「そんな訳ないだろう。一般論だ」

「一般論たって、どういうこともこういうことも。好きになるとしか」

豊坂は、なにか妙なものでも食べたのかと言いたげな表情を見せる。

「いや、その、好きになる前兆というか、なった後の行動とか変わるのかと」

中学、高校と男子校な上、部活は剣道部。習い事は居合いに剣舞と、時代を間違えて生まれてきたとからかわれそうな経歴の誠司には、当然ながら同年代の女性というものと親しくない。

強いて言えば医大生時代の同期だが、親しくなったというより、一方的に親しく——馴れ馴れしくされた記憶しかないので、どちらかというと鬱陶《うっとう》しいというか扱いが面倒だと思っているぐらいだ。

医師になって研修医の期間が終わり、心臓血管外科として駆けだしたあたりに璃里に心を奪われてからは、ただでさえ女性に興味がなかったのが、輪にかけて無関心になったのだから、女が誰かを好きになった場合にどう変化するのかとか、どこで周りが気付くのかという情報がまるでない。

恋愛にのめり込むだけの情熱があるなら、勉学に励み、一刻も早く一人前にならなければ、なって六条伏見病院の後継に相応《ふさわ》しいと認められなければと必死だった。

だが。

（離婚届を用意しているぐらいだから、なんらかの理由があるはず）

その中で一番確率が高いのは、やはり誠司以外の誰かを好きになったというあたりだろう。

ずきりと胸が痛んだのをごまかすために珈琲を口に含めば、酸味と苦みばかりがやたらと舌に残り、誠司は顔をしかめる。

が、豊坂は誠司らしくない質問に驚いているためか、それに気付かず、あらぬ方向を見たまま呻くようにして言う。

「んなこと聞かれてもな。俺もそんなに経験があるわけじゃないし。ていうか学校も部活も同じなんだから、わかるだろ。似たようなもんだって」

誠司とは逆の爽やか王子様系の外見をしている豊坂も、女性にはモテていたが、それより友人と遊ぶほうが楽しいという感じで、そうこうするうちにちゃっかり誠司の妹である美智香とできあがっていた男だ。

「俺じゃなくて、整形のリア充どもに聞いたほうがいいんじゃないか？　あいつら大概肉食だぞ。今週末も合コンとか言ってたし」

「……タイプが違いすぎて、理解し合えるとは思えない」

六条伏見病院がそうなのか、あるいはスポーツ好きから専攻する奴が多いからか、ともかく整形外科には恋愛関係の話題が豊富だ。

さすがに規律を乱すようなことはしていないみたいだが、オペ後に看護師の誰それの家でお盛んだったらしいとか、学会に向かう途中の飛行機で客室乗務員と仲良くなってそのままお持ち帰りしましたとか、そんな話をよく聞く。

全般的に生真面目で仕事馬鹿が多い心臓血管外科とは、救急方面以外ではあまり関わりがないこともあって、親しい医師も同期もおらず伝手《つて》すらない。

「どうだろうなあ。急に髪型を変えたり服の趣味が変わったりとかするらしいけどな、姉貴たちが読んでいた漫画本なんかによると」

「は？　なんでだ」

「好きな男の趣味に合うようにして、気を持ってもらいたいんだと」

女って大変だよなあ。と苦笑しつつ豊坂は立ち上がる。

「つうても俺らが目にする異性なんてナースか薬剤師だから、医療服の色が変わったぐらいしかわかんないな」

色が変わったことなんかあったか？　と首をひねれば、コレはダメだと肩をそびやかされる。

「んなことより早く帰ろうぜ。折角早く帰れるんだから、嫁とゆっくりして英気を養いたいわ。明後日はオペ日でまた週末まで帰れなさげだしさ」

なにを想像しているのかニヤニヤしている豊坂を余所に、誠司はますます眉を寄せ考え込む。

（髪型も服も変わった感じはなかったが）

いつも通り、璃里は可愛かった。

確かに日曜日の朝カフェに出かけた時は、少しシンプルで落ち着いた格好をしていた気はするが、出かけるからお洒落をしたのだと言えばそう思える。

なにより誠司の好みから外れてない。どころかど真ん中だった。

メイクも綺麗めかつ派手すぎず、控えめだけど愛らしい璃里に似合っていて。

だからこそあまり食欲がなさそうなのが残念だった。折角ネットで調べまくって気に入ってもらえそうなカフェを探したのに。

笑顔を見たかったな、と思うと急に璃里に会いたくなってくる。

彼女のどんな表情でもぐっとくるが、とくに「おかえり」と満面の笑顔で言われるのが一番好きだし、疲れや嫌なことが吹っ飛ぶのだ。

つい一時間程前までは仕事に集中していたというのに現金なものだ。などと苦笑していると、豊坂が背を叩いてきた。

「お前も、嫁さんに充電してもらえよ」

「言われずとも」

わかっていることをわざわざ言う親友の背を叩き返しながら、二人はレストルームを後にした。

第三章　五年越しの初夜

（うっひゃー……）

仕事帰りに美智香とカフェで落ち合い、そのまま引っ張られる形で美容室へと連れて行かれた。

さらに渋谷まで足を延ばし百貨店でコスメと下着、ついでにエプロンを選ばれて、駄目押しに書店で若い女性向けの週刊誌を数冊購入し、これはプレゼントだから熟読して！と押しつけられた。

大人な女性になるって、結構お金がかかるんだなと目を回していた時はまだ余裕があった。

が、家に帰ってひと息ついて、まだ誠司が帰宅してないなら雑誌でも読んで時間を潰すかなと開いた途端、璃里は思わず悲鳴を上げかけた。

声をつきそうになった悲鳴を呑《の》み込《こ》み、天井を見上げながら呟く。

「ど、どぎつい……」

渡された時は書店の袋に入っていたので見てなかったが、家で表紙を見てみれば、見事に上半身を鍛えた男性モデルが浴室で水に濡れた姿でこっちに手を差し伸べている。

その横には「大人女性の恋レッスン、愛されセックスで身も心も充実美人に！」などとでかでかと書かれている。

駄目押しに、横にはピンクの小さな文字で「エクスタシー100アイテム」とか、「彼をその気にさせるウェア大特集」とかまで載っていて。

処女の璃里にはもう、目眩がするほどどぎつい。

「こんなのが愛読書だなんて、美智香ちゃん、大人だあ……」

若干赤くなりながら、私の愛読書だから！　と押しつけられたのを思い出し、遠い目をしてしまう。

――世の女性達はこういうものを読んで、勉強しているのだろうか。

気になってネットで雑誌のことを調べれば、読者のメインターゲットは二十代から三十代前半の働く女性向けとあったので、美智香だけでなく同年代の女性たちが知りたがる情報や流行が載せてあるのだろうが。

（いきなりセックス特集はないよ……）

雑誌といえば美容室でグルメや料理関係がメインとなった主婦向け雑誌を捲《めく》る程度、とくに欲しいとも必要だとも思わず過ごしてきたが、そんな自分がいかに恋愛から縁遠いお子様だったのか思い知らされる。

誠司が手を出したがらないわけだ、と落ち込みかけて、いやいやと気をとりなおす。

変わらなきゃと決意して、髪も（毛先だけではあるが）染めて、今日はなんと美容師さんがサービスでアップにまでしてくれているのだ。

明日同じ髪型にしようと思っても無理！　なぐらい綺麗に巻かれた後ろ髪に指を沿わせ、少し大人っぽく見えているといいなと思う。

よし、と気合いをいれ、照れ隠しに前髪をいじりながら雑誌のページをめくっていく、とまた変な悲鳴が出かけてしまう。

下着姿の女性と腰だけでスウェットを穿いて大腿部《だいたいぶ》へ至るくっきりとしたマーメードラインを晒《さら》している男性が妖艶に微笑んで抱き合っている写真が一ページ丸ごと占領して掲載されている。

「目のやり場がわからない……」

薄目になりながら雰囲気たっぷりの美男美女を見ていると、それだけで怯んでしまいそうだ。

しかも男性モデルのほうは体つきといい、髪型といい、どことなく誠司に似ているのもいたたまれなさを倍増する。

こんないい雰囲気、つくれそうな気がしない。

ううっと呻きながらなんとか自分と誠司に置き換えて想像しようとするが、どうにも上手くいかない。

おかしいな。

家は広尾のタワーマンション、リビングからは東京の夜景。

イタリア製のシックの家具にワインセラーまである内装は、それこそ写真の中の背景と変わらない。

相手役だって、モデルより誠司のほうが何倍も格好よくて凜々しいし、背だって多分高い。

なのにそこに自分が入った途端、すべてがチープに見えてしまう。

身長百五十五センチと小柄で、身体も薄く、胸だって盛り上がりに欠ける。

京都の祖母の影響もあって、日舞をしていたので手足がすんなりと細いことは美点だが、なにぶん肩幅が狭いので薔薇《ばら》の華やかさより柳のような頼りなさが目立つ。

つまりゴージャスとは対極。貧相とまではいかないが決してふくよかではない。女性らしい丸みに欠けた身体ゆえに色っぽさがなく見える。

「……この写真の女性モデルぐらい、身体がしっかりしているといいんだけどな」

細いが、出るところは出ていて立ち姿も様になっている。こんな美女なら誠司と釣り合うし、彼だってそそられるだろうと考えた瞬間、モヤモヤとしたものが胸に湧いてきて、璃里は雑誌の上に突っ伏してしまう。

「今から牛乳を飲んでも遅いよね」

バターや霜降《しもふ》り牛肉より、湯豆腐に出汁《だし》という食事で成長期を過ごしたせいだろうかと悩みつつ伏せっていると、玄関のオートロックが開かれる音がした。

誠司さんだ、と顔を上げおのずと笑顔になるも、次の瞬間真っ裸の男女の写真が目に飛び込んできて璃里は焦る。

（こ、こんなのを見られたら誤解される！）

誤解もなにも、妻として扱ってほしくて雑誌を開いたというのに、当の本人に見つかって、身体は子どものくせに欲求不満かとか、いやらしいと思われるのが嫌という、矛盾した感情が混乱に拍車をかけ、璃里は雑誌を閉じて、まとめて、ベッドの下へと押し込んで隠す。

こっそり見ていたエロ本が見つかった男子中学生みたいだな、とがっくりしつつ、それでも早く誠司の顔を見たくて立ち上がる。

「誠司さん、お、おかえりなさい」

やましいところがあるためか、いつも通りすんなり声が出ない上、心なしか頬まで熱い。

今顔を見られたら、変に追求されてしまう。

平常心、平常心と繰り返しつつ顔を上げれば、豆鉄砲を喰《く》らった鳩《はと》――というより鷹《たか》みたいな顔で、誠司が目を丸くしていた。

「誠司さん?」

目だけでなく口まで丸く開いている誠司がなんに驚いているのか、もしかして、ドアの隙間からあの雑誌が見えてるのかとヒヤヒヤしつつ名を呼べば、ようやく誠司があぁ、と呻く。

「ただいま。璃里。……その、髪は?」

中学生の時から代わり映えのしなかった璃里の髪型が変わっていることに、驚いているようだ。

「あ、これは今日、仕事帰りに美智香ちゃんと美容室に行ってきたんです。たまにはちょっと、冒険してみようかと」

仕事が医療機関ということもあり、あまり派手にするのは嫌だと伝えたので冒険といっても髪の毛先十センチにグレージュを入れて、全体的に軽くなるようカットした。

それを少し緩く部分部分をほぐして、抜け感のあるアップに仕上げてもらい、細く長いシルバーのバレッタで飾って、大人っぽさを出してもらったのだが。

「初めて染めたんですけど……似合わないですか?」

美容室で鏡を見た時は、すっきりとして大人の女性とはいかないまでも大学生には見えないし、美智香も美容師さんも綺麗なお姉さんって感じですごくいいと褒めてくれたのだが、肝心の誠司が気に入らないのでは意味がない。

まじまじと見つめられ、恥ずかしさと居心地の悪さで小さくなって、うなじまで赤くなっていると、誠司がごくりと喉をならして唾を呑む音が聞こえた。

これは病院職員に相応しくないと怒られるかも。

その可能性に気付き、しょんぼりしかけていると、唐突に逞しい腕が伸びてきて、ぐいと肩を引き寄せられる。

「う、わ」

「璃里……ッ」

よろめきつつ前に一歩出た璃里は、たちまちに男の腕の中に閉じ込められ、そのままきつく抱きしめられた。

彼に染みついた医療用アルコールの匂いが鼻孔をかすめ、続いてシダーウッドとアンバーの深みのある香りが続く。そして最後にジャスミンの香りが記憶を占めれば、いつしか顔は彼の広い胸板に寄せられていて、璃里はしばし、二人が結婚を決めた夜を――両親の葬式の日を思い出す。

だがそれも長い間ではなかった。

よろけたのを抱き留めるには、あまりにも強い力で抱きしめられて心臓がどくんと大きく跳ねる。

（え？　えっ……？）

今までにない急接近に上手く言葉が出てこない。

縋《すが》るように抱かれ、ただ突っ立ったまま彼の胸に埋められて璃里はなにが起こっているのかと混乱する。

ひょっとしてこれが髪型を変えたことの効果かとドキドキしていると、身体に回されていた腕の力が緩み、だが離れないまま二人の間に指一本分ほどの隙間ができる。

堪えていた息を継ぐため大きく口を開けば不意に誠司の手が近づいて、たちまちのうちに顎を摘ままれ上向かされる。

乾いた指が触れている肌がほんのりと熱くなる。そのことで璃里は自分だけでなく誠司も興奮しはじめているのだと気付く。

――怒っているのかな。

頭一つ高い誠司を見上げれば、これ以上ないほど眉を寄せている。

あの、なにか。と口にしようとした瞬間、彼は硬く引き結んでいた唇をほどいた。

「口紅」

「え？」

「メイクも少し変わっている」

確認というより尋問のような端的さに面食らいながらも、璃里はごまかすように笑った。

「えと、美容室の帰りに百貨店に寄ったんです。似合いませんか？」

連れて行かれたコスメブランドのメイクアップコーナーで、不満げに口を尖らせる美智香から〝いつもいつもベージュかオレンジ、たまに桜色のリップばっかりじゃない〟と指摘され、お店のビューティーアドバイザーに出された秋の新色の中から、一番無難な色を買った。たしかバーガンディと言っていたか。

深みのある紅に影を落としたような落ち着いた色は、確かに大人っぽくて、普段の自分なら決して選ばないような艶もあって、テストで試したまま帰宅したのだが。

やっぱり童顔な自分には不釣り合いだったかとがっかりしてしまう。

お店にいた時は、素敵な色を買ったと、新しいコスメを手に入れた高揚感で胸が弾んでいたはずなのに。

しょげた気持ちが顔に出ないよう気を付けながら、璃里は空元気の笑顔で続ける。

「似合いませんよね、こんな大人っぽい色」

「いや、似合わなくはないが。選んだのは誰だ？」

予想もしない質問に目をしばたたかせる。が、すぐに美智香のセンスを疑われているのかもと気づき訂正する。

「いえ、これはお店の人が。……というか取って来ます。すぐに」

変に派手になっているだろう自分の顔を想像し、璃里がきびすを返そうとするが、すぐに両肩を摑まれ戻されて、打つ手を返す早さでまた顎を——先ほどよりきつく摘まれる。

「行くな」

「え?」

「俺が取ってやる」

珍しく命令口調で言われきょとんとしたのも一瞬だった。

次の瞬間、顔に影が差し、みるみる誠司の顔が近づいて。

気が付けば唇を奪われていた。

不意打ちのファーストキスにうろたえ璃里は肩をびくつかせる。

だがそんな些細《ささい》な動きさえ封じるように腰に腕を回されて、ぴったりと身体が密着してしまう。

先ほどより熱い体温が重なる身体から伝わってきて、急速に鼓動が逸る。

まるで内側で和太鼓が打ち鳴らされているみたいに、どっどっどっと心臓が大きく収縮しているのが分かる。

触れる唇の引き締まった感触と熱に心を奪われながら、動悸が誠司に伝われば気持ちを暴かれてしまうかもと身じろぐも、どうにも動きは自由にならない。

最初こそ表皮にぴったりと重なるだけだった口づけは、だが数秒も経たずに変化しだす。

擦るように左右に動き、かと思えば下唇を舌でつつかれ舐められる。

するとじんとした疼《うず》きが爪先から腰の辺りまで上がってきて、璃里は未知の感覚にうろたえる。

だけどそれすらも序の口だった。

未知の感覚に驚いた身体が無意識に誠司の胸を押した。途端、ぐっと腰を引き寄せられて、自らの肉体で璃里を完全に閉じ込めてしまう。

同時に優しく表面を舐めるだけだった舌が硬く尖り、小さな濡れ音を立てて閉ざされた狭間《はざま》を割って入る。

ぬるりとした感覚に目を見開いた。

自分の中に自分以外の器官があることに驚いたのも束《つか》の間《ま》、その奇妙に滑らかな感触と熱にすぐ心が奪われた。

硬い指先がうなじをたどり、音をたてず後れ毛を指に絡めてはほどいて遊ぶ。

誠司は璃里の髪の触感を楽しみ弄びながら、唇は逃れる隙も許さず執拗《しつよう》に重ね続けてくる。

下唇の形を舌でなぞるようにしたかと思えば歯で挟み、引き、わずかな隙間から入り込んだ舌先が璃里のそれと絡んで一緒くたに舐め啜《すす》る。

口腔《こうこう》にぬるりとしたものの感触と熱を自覚した途端、甘苦しい疼きが全身を走り抜け、次の瞬間、堰《せ》き止《と》めたものが流れるように吐息がこぼれた。

詰めていた息が熱と艶を孕《はら》んで二人の間に広がり消える。

いつの間にか上がった呼吸はどこか物欲しげで、璃里はそんな自分に驚く。

指先が震え、膝が笑い、このままでは立っていられない気がして、璃里は誠司のスーツを皺寄るほどきつく摑み縋る。

抵抗がないことに気をよくしたのか、誠司はさらに大胆に舌で璃里の唇をなぞり、そこにあった化粧を舐め落としていく。

くすぐるように肌と唇の稜線《りょうせん》を辿《たど》り、口端のくぼみで舌を狭間にねじ込む。

ちろりと歯茎をなぞられ、背筋にさざなみじみたしびれが走った。

「ふ……っ、ぅ」

わずかに開いた歯列を狙い、誠司の舌がさらに奥へと差し込まれる。

途端、羞恥と興奮で肌が熱くなり、初めて知る性への衝動が璃里の上体をもぞつかす。

「ん、んん」

誠司さん、と言ったはずの言葉まで舌に絡め取られ、璃里は頭がぼうっとしていくのを感じていた。

一体どうしたことだろう。

キスをするのも初めてだというのに、いきなりこんな――深く淫らなやり方をするなんてまったく誠司らしくない。

そう思いおののく一方で、今まで見せなかった男の部分を躊躇《ちょうちょ》なく見せつつ、璃里を奪おうとする夫の姿に心がときめく。

舌を掬《すく》われ、大胆に絡め、啜られる。

(気持ち、いい)

自分が舌から順番に溶かされていくようだ。その一方で先ほど感じた疼きが、舌から下顎、喉奥まで波及し、やがて後頭部をじんと痺《しび》れさせる。

息苦しくはあったが、この口づけをやめてほしいとも、やめたいとも思えなかった。

そうこうするうちに、誠司は繋がる部分の粘膜をすべて蹂躙《じゅうりん》するように大胆に舌を使いだした。

ざらりとした舌を口蓋にあて、あるいは舌先で執拗に頬の裏側を舐め上げ、まるで己のすべてだと言う風に熱と淫靡《いんび》な感触を璃里に染みこませていく。

舌の付け根から先まで丹念に舐められるにつれ、固く縮こまっていた璃里の身体から力が抜けていく。

酸欠の頭はくらくらして、どんどんとものが考えられなくなっていき、ただ自分を抱く彼の逞しい腕や舌の動きだけに心揺らされる。

ぬるい湯の中に沈んでいるみたいだ。心地いいのに少し苦しくて、それでも一秒でも長く浸っていたいと思わされる。

吐息もなにもかも奪われて、ただただ求められる幸せに浸っていたのもそう長い時間ではなかった。

日頃から運動不足のきらいがある身体では、そう長く呼吸を止めてはいられず、このままでは気を失ってしまうときつくまぶたを閉ざした瞬間、今までの激しさが嘘のように唇が解かれた。

はあはあと、どちらのものとも知れない荒い呼吸が二人の間にわだかまる。

吸われねぶられた唇はどこかはれぼったくて、じんじんと疼いて、それが血肉を伝って身体までも震わせる。

「やっと、取れたな」

茫洋《ぼうよう》とした視線を彷徨《さまよ》わせる璃里に対し、誠司が欲に濡れ艶めいている瞳のままつぶやく。

「あ……」

そうだ。口紅だ。彼はそれが気に入らないと言って口づけしてきたのだと、今更のように思い出し、震える指先をそっと唇にあてれば肌に濡れた感触が伝わる。

衝動的に始まったキスを思い出し細かに身をわななかせつつ誠司を見上げれば、彼の口端にバーガンディーのくすんだ紅が塗り移っていた。

「口紅」

どこか甘ったるく子どもじみた声で璃里が伝えると、誠司はニヤリと笑い、普段は見せないような乱雑さで自分に着いた口紅の残滓を拭う。

その野性的な動きにどきりと胸を跳ねさせた時だ。

「抱いて、いいか」

しんとした廊下に、誠司の低い囁きが響く。

まるで体中が心臓になったように鼓動が身を震わせる。

未知の体験に対する怖れと不安が肩を跳ねさせるが、璃里はこの要求に逆らうだけのものを自分が持ってないことにも気付いていた。

自分と誠司は書類上だとしても夫婦であり、璃里にとっての誠司は初恋の人で、誰よりも大切なたった一人の異性だ。

たとえ理由が衝動的な欲望であっても、初めてを捧《ささ》げられるというのならば否はない。

二度、三度とあえぐように口を開いては閉ざし、なにか言おうとしたが、結局なにも言えないまま、ただ小さくうなずくと、誠司は待ちかねた仕草で璃里を抱き上げた。

「きゃっ……！」

突然高くなった視点に驚き誠司の首に腕を回す。

途端、面白がるように彼が喉を震わせ笑い、自分の首に顔を埋める璃里のこめかみに甘いキスをする。

不意打ちで見せられた優しさに、璃里の頭からなにもかもが吹き飛んでしまう。

台所にあるシチューを温め直してよそわないととか、今晩、電話の呼び出し当番《オンコール》でないなら、一杯だけワインをつけて、買ってきたキャンドルをつけて雰囲気を出して――などと、大人っぽさをたっぷりと演出した遅い夕食の計画も、それで自分を意識してもらおうと計画していたことも、もう念頭にない。

ただただ、自分を抱き上げ揺るぎない足取りで寝室へ向かう誠司の身体の熱さと、力強さだけに心奪われる。

胸板に横顔をくっつけると誠司の鼓動がすぐそこで轟《とどろ》いている。

自分のものより早く脈打つ心臓の音に、璃里は彼もまた興奮しているのかと思うとドキドキして目が眩《くら》みそうだった。

あまり馴染《なじ》んでいないリビングを早足でよぎり、それより馴染みがない――というか、引っ越してきた時に案内で一度だけしか見たことのない寝室へと連れ込まれる。

蹴るようにして扉を開いた乱暴さとは裏腹に、キングサイズのベッドへ璃里を降ろす手つきはうっとりするほど優しく丁寧だった。

枕に頭を置いた途端、バレッタが頭皮に刺さって顔をしかめれば、すぐ気付いたのか誠司は流れるような仕草でうなじに手を添え、そっと留め金を外す。

細い銀のバレッタをサイドボードに置きながら、だがまだ彼は手を璃里のうなじに添えたまじっくりと見つめ、頬がこれ以上ないまで赤くなった時、あてられていた手がゆっくりと髪に沈む。

乾いて硬い男の指が頭皮をかすめながら髪を解していく。まるで人形の髪を梳《くしけず》るように丁寧に、飽きることなく。

そうして時間をかけて璃里の髪を解き放つと、まるで扇のように髪が寝台に広げられていた。

これからなにが起こるのか、知らない不安から手を胸元で組み合わせていた璃里は、男が注ぐ熱い眼差しに灼《や》かれはあっと息を吐く。

するとそれが合図であったかのように、誠司がスーツのジャケットを脱ぎ捨て、床へほうりながらつぶやいた。

「綺麗だ」

多分初めてではないだろうか。

可愛い、ではなく綺麗だと言われたことに胸がときめく。

けれどそれも長い時間ではなかった。

誠司は首裏にあった手を喉元、鎖骨へと辿らせながら璃里の買ったばかりのシャツワンピースのボタンを外しながら、残る片手で勢いよくネクタイに指を絡めて解く。

しゅるっと布が擦れる音がして、心地よさに閉じていた目を開いてみれば、長く骨張った手がワイシャツのボタンを引きちぎるようにして外すところだった。

大きくて綺麗な手だと思った。

直線的な輪郭が節のところで鋭角に突き出し、そのまま血管がくっきりと浮いた手の甲へと至る。

女性の滑らかさとは違う、無骨とも言っていいほど骨張った造形なのに、指の動きはどこまでも器用で、そのことに璃里は胸を弾ます。

食い入るように手を見つめていると、同じように璃里の胸元を見つめていた誠司がぽつりとつぶやいた。

「下着」

また端的に指摘され、あっと思う。

「下着も、買ったのか」

問いかけるというより確認するような口ぶりにおのずと肩が跳ね、考えるより先に口が動く。

「あの、美智香ちゃんと……その、無駄づ……んぅっ」

無駄遣いしすぎたでしょうかと尋ねかけた口は、だが、最後まで言うことなく引き締まった男の唇で塞がれた。

触れるだけの口づけで璃里を黙らせた誠司は、甘く、だけど少しだけ意地悪な笑みを浮かべる。

「こういう時に、俺以外の名前を口にするんじゃない」

それがたとえ実の妹であっても、と知らせるように唇を合わせ、ついばんで、ごめんなさいと言いかけた璃里の言葉ごと吐息を奪い、先ほど拭い取った口紅の代わりといわんばかりに舌先で唇の端から端をなぞり、辿る。

自分で同じことをしてもまるでなんともないのに、誠司からされるとそれだけでわななくほどの悦が生まれ、璃里はなにを言いかけたのかも忘れてしまう。

いつしかワンピースの前はくつろげられ、左右に開かれ璃里の素肌の大半が夜気にさらされる。

燃え立つような熱い眼差しで全身を凝視されていることに気付き、璃里は少しだけ困惑した。

――どうしよう。口紅と同じように下着も気に入らないと思われているのだろうか。

今日、美智香が選んでくれた下着は口紅ほど華やかなものではない。逆に清楚といってもいいぐらいで、薄く透ける白のシルクに控えめなレースが縁を飾っているものだ。

男はギャップに弱いのよと知った口ぶりで押しつけられて、そんなものかなあと半信半疑で購入したが、口紅に合わせた紅や黒のほうがよかったのだろうか。それともいつも通りの綿のスポーティなもののほうがよかっただろうか。

そんなどうでもいいことが気になりもじもじと手足を動かす。

いっそ自分から脱いだ方がいいのかもと思う反面、そんなことをすれば生まれたままの姿を誠司に晒してしまうと羞恥が募る。

じわりとした熱が徐々に肌を白からほんのりとした桜色に染めていく。

その様子までつぶさに視姦されていることをわかりながら、璃里にはどうすることもできない。

いっそ誠司に尋ねてみようかと口を開けば、出たのは言葉ではなく熟れた吐息だった。

あの、と続けようとした先を制して、誠司がまたつぶやく。

「綺麗だ、璃里」

重ねて言われた途端、まるで自分が世界でたった一人の女になったような気がして、璃里の気分はさらに高揚する。

おかしい。どうかしている。

考えていることや感じていることは沢山あるのに、どれ一つとして形にならず思考がふわふわと甘く蕩《とろ》けていくのがわかる。

あえぐような声で触れてみたかったと誠司が言ったのは幻聴だろうか。わからないままただうなずくと、彼は形のよい喉仏を力強く上下させてから手を鎖骨から胸の際へと滑らせる。

絹だけでなくそれに包まれた乳房の形を楽しむようにそっと撫で、脇から寄せられるとなんともいえない心地よさが胸から身体全体へ広がっていく。

指の動きはソフトでまるで試すように、あるいは璃里の反応を探るように上から下へ、横から中心へと絶えず動きを変えていたが、やがて螺旋《らせん》を描きながら胸のふもとから頂きへと走り、頂点を軽く弾く。

「あっ」

電流が走るような刺激を感じ、たまらず璃里は声を上げた。

するとその反応に気をよくしたのか、誠司は胸の中心——花蕾が埋もれる場所を指の腹でリズミカルにはじきだす。

むずむずとしたものが迫《せ》り上《あ》がり、おのずと腰が震え揺れた。

喉をついて出そうな声をとどめようと両手で口を防ぐが、替わりに鼻から甘ったるい息が抜ける。

「んっ、んんっ、ふ……ぅ、うぁ………あッ」

不意打ちに両方の頂点を摘まれ、抑えきれない声が漏れる。

布越しに乳首を摘まれ、刺激の強さに身が跳ねる。

けれどシルクの滑らかさ故か、捕らえられた尖端《せんたん》は、すぐにするりと男の指から逃げてしまう。

それが面白かったのだろう。誠司はからかうように強弱をつけそこばかりを摘まみ、逃し、また摘まみ遊ぶ。

「んっ、あっ、あっ、あ、……ああっ」

形を表しだした快感が胸を包み、揺らす。

同時に声も留められなくなってきて、璃里は身をのたうたす。

「あぁあ、あ、やっ、やだっ」

乳嘴を愛撫《あいぶ》される快感と布でこすれる痛痒《つうよう》を交互に味わわされ、もどかしさのあまり璃里はつい否を口にする。

途端、誠司が指を止めて口端だけを皮肉につり上げ問いかけた。

「嫌？　気持ちよくないのか」

まじまじと顔を見られながらそんな意地悪な質問をされ、璃里は口ごもる。

「そう、じゃなく……て、なんだか、身体が勝手に動いてしまいそう、で」

知らず上がった呼吸に邪魔され切れ切れに伝えると、誠司はふと表情を緩め、満足した猫みたいに目を細めからかってきた。

「そうか。じゃあこうしようか」

言うなり胸の谷間にあるフロントホックの下に指をくぐらせ、二度ほど揉むような仕草を取る。

途端、胸を締め付けるような感覚がなくなり、開放感に大きく息を吸う。

その動きで胸を守っていた布がはらりと横へ開き落ち、璃里がうろたえる間もなく誠司が素早く乳房へと顔を伏せた。

「ああっ！」

思わず大きな声を上げ、同時に腰から全身が跳ねた。

まるで好物を目にした子どものように誠司がぱくりと乳房を口に含み、そのまま舌を絡めて吸い上げる。

震えるほどの悦が巻き起こり、璃里は無意識に身震いする。

「ん、ん、……あ、あうっ、う、ううっ、んんぅッ」

どうにもじっとしていられない衝動が身体を貫き、声を恥ずかしがっていたことなど忘れ、脇で皺寄りだしていたシーツを摑む。

「あっ、だ、だめ……くすぐったいっ……ぁ」

根元から掘り起こすように舌先を使われる途中、硬い歯が側面に当たるたびに甘い痺れが肌をさざめかせ璃里はたまらず声を上げる。

けれど誠司は璃里の訴えを気にも留めず、それどころか、そうすれば尚更に甘い声で啼《な》くことに気付いてか、わざと歯で花蕾を挟み頂点にある小さな窪《くぼ》みに舌先を埋めくりくりと転がし遊ぶ。

「ひぅっ……ッ、う、ああ、あああ、あん」

歯と舌と、異なる器官でしごきなぶられ、処女の身体はあっけなく快感に囚われ揺れる。

身をくねらせ、髪を散らし、肌の色を桜色から朱に艶めき色づけながら、快とも苦ともつかぬ感覚に戸惑う様がどれほど男の欲望をそそるかなど、璃里はわからないまま、ただされるがままに感じ啼く。

いつしか芯を持ち硬く勃ち上がった尖端を、その歯ごたえで感じたのか、誠司はもう片方も同じにしてやろうとつぶやき、残る右の乳房を指でこよりだす。

一方でもたまらないのに両方を刺激されてはもう無理で、璃里は、はあっ、はあっと艶に満ちた呼気を寝室中に放ちながら、迫る愉悦の波を堪えわななく。

人差し指と親指で先の尖りをくりくりと刺激されながら、残る指でゆっくりと膨らみを揉まれるともう駄目で、はしたないとわかっているのに勝手に声が飛び出てしまう。

そうやって璃里をよがらせていた誠司だが、ふと思いついたように乳房から手を滑らせ脇から腰をゆったりと撫でる。

物足りなさを感じると同時に労《いたわ》るような手つきに心が揺れる。

何度となく脇から腹を往復していた手は、璃里の呼吸が穏やかになってきたのと同時に力を込めて腰を摑む。

「あっ……！」

予期せぬ動作にうろたえた声が上がる。

が、誠司はまるでかまわず両手でしっかりと璃里の腰を掴《つか》み上《あ》げ、シーツから下半身が浮くや否や素早く腕を膝にあててぐいと開く。

「っ、きゃ」

服を着ている時でもしないような大胆さで両脚を開かれ璃里が小さく悲鳴を上げる。

けれど誠司はそれに驚くどころか、くくっと喉を鳴らして笑い開いた脚の間に自分の身体を移動させた。

あわてて脚を閉じようとすれば、引き締まった硬い男の腰骨に膝頭が触れてドキッとする。

大樹のように揺らぎなくしっかりした異性の肉体を感じうろたえたのも束の間、次の瞬間、膝に置いてあった手がじわじわと太股《ふともも》を撫でつつ移動し、ついには脚の付け根に至る。

開かれすぎてぴくぴくと痙攣《けいれん》する大腿部の筋肉を指で辿られ、そのむずがゆさに脚の指が自然に丸くなる。

膝を立てられたまま足指でぎゅっとシーツを掴み耐えていると、誠司が大丈夫だと告げるようにそっと額にキスを落とす。

まるで魔法のように緊張がほぐれ、ほうっと口から吐息が抜ける。

「誠司さん、あの……」

恥ずかしいですと言おうとしたが、そんなことを伝えなくても真っ赤になった顔や身体で相手に伝わっているのは明らかだった。

「力まないで。優しくするから」

璃里の戸惑いと不安を受け止めながら誠司はまた額に、次いで頬、鼻先と顔中に触れるだけの口づけを降らせながら、一方で手でそろそろとショーツの縁をなぞり続ける。

繊細なレースが肌に触れる細やかな刺激にも、肌がわななき腰が震える。

でもやめてほしいとは思えない。

自分の気持ちを自分で把握できない不思議さに目をぼうっとさせていると、誠司が意を決したようにショーツの縁を摑んで一気に引き下ろす。

リボンで横を結んだだけの、実用性とはほど遠い下着は荒々しい男の仕草であっというまにほどけてしまい、あっと小さく声を上げたときにはもう、肌を離れ空に放られていた。

真っ暗な寝室に、薄く透ける白い布が閃《ひらめ》く。

まるで蝶《ちょう》のようにたなびき、床へ落ちていく下着を見ていた璃里は、だがすぐに、自分が全裸も同然の姿にさせられていることに気付き、あわてふためく。

「あっ、あっあの……どうして」

下着を脱がすのかと問おうとして、すぐこれからすることを――自分の身に起こることを思い出し口をつぐむ。

本当に、抱かれるのだ。この男に。

理解した瞬間、自分がついに名実ともに誠司の妻となる歓びと、本当にそれでいいのかと思う不安に身が震えた。

「怖いか」

ならやめておくかと言われそうで、考えるより早く首を振っていた。

どこか自棄《やけ》っぱちな衝動で、どうにでもなってしまえと覚悟が決まる。

誠司なら、いい。

いつかだれかとしなければならないなら、絶対に誠司が、人生で唯一にして初めて恋心を抱いた男がいいと璃里の中の子どもがわめく。

「へい、き。……だから、やめないで」

震える声で伝えた途端、誠司ははっと目を大きくし、なにかを堪えるように絞った溜息を吐いてから、晒されたばかりの無垢《むく》な恥丘にそっと手をあてる。

じんわりとした温《ぬく》もりが肌を通して腹奥に染みる。

と同時に重苦しいような、それでいて甘美な疼きが子宮を震わす。

そこからはもう、会話らしい会話はなかった。

子猫にするみたいにソフトなタッチで薄い茂みを梳き撫でられ、そのくすぐったさに身を捩《よじ》ろうとすればすぐ腰を摑んで我慢させられる。

まるでじゃれるようにゆっくりとした愛撫がたまらず尻をもじつかせれば、大きな手が恥丘を優しく包み込み、次の瞬間指が素早く動いて恥丘を左右にそっと押す。

外気が触れ、初めてそこがしっとりと汗ばんでいることに気付く。

中心にある秘裂はまだ閉ざされてはいるが、開花の時を待つように小さくぴくぴくと震えているのが璃里にもわかる。

途端、たまらないほどの羞恥心に襲われ、璃里は膝を閉ざそうとするが間に誠司の身体が割り込んでいるのでどうにもならない。

身を捩り、心許《こころもと》なさをごまかすように手を胸にあて大きく息を吸うと、胸への愛撫で散っていた黒髪がさらさらと音をたてて乱れていった。

誠司はしばらくその様子を見ていたが、やがて璃里の秘部に指を沿わす。

するとまるで熟れすぎた桃の皮が剝《む》けるように、閉ざされていた花弁がそろりと開き、中から蜜が滲む。

「あっ……」

滴を感じ璃里が声を上げたと同時に誠司が恍惚《こうこつ》とした様子で息を漏らす。

「綺麗だ」

聴力の限界を試すような囁きに身がわななく。

胸は激しく高鳴り、肋骨という名の檻《おり》を破らんばかりに鼓動して、璃里は息苦しさにたまらず喘《あえ》ぐ。

するとまた秘められた部分から滴が漏れて、それがどうしようもなく恥ずかしくて、全身を朱に染め上げながらむずがる動きで首を振る。

「恥ずかしいのか、濡れてきているのが」

小さく鼻を鳴らし楽しげに笑い、誠司は爪先でかすめるように蜜の滴る場所を、薄い肉弁の縁をつうっとなぞる。

途端、全身の毛穴が開いたような感覚に襲われ璃里はうろたえる。

不快ではない。だが気持ちよさとも違う。

むずむずとしてじっとしていられないような、そんなもどかしい感覚を覚えたことが不思議で、同時にはしたなくも思えて目が潤む。

指の力が増すにつれ水音は徐々にあからさまとなり、やがて滑るしたたりが内股の肌を伝いシーツへ落ちる。

ただ入口を撫でられているだけなのにおのずと腰から力が抜けていく。

やがて誠司は指で下を慰めるだけでなく、形のよい唇で胸の先も交互に愛撫しだし、璃里は多すぎる刺激になにがなんだかわからなくなっていく。

肌が唾液や愛液で濡れて気持ち悪いと思うどころか、それがよいと感じだしていて強《こわ》ばっていた肩や指先が緩やかにほどけだす。

まるで自分が綿菓子かなにかになったみたいにふわふわと形を失っていくのが、少し怖くて、でもそれ以上に心地よくてだんだんとものが考えられなくなっていく。

滴る淫水にまみれた花弁がふっくらとほころび、花開きだしていくのを感じたのか、男の指にぐっと力が籠もり未開の秘裂を割り開く。

くちゅりとみだりがましい音が響き息を呑んだ。

本能的な恥ずかしさが身体を走り抜け、開きかけていた太股に力が籠もる。

けれどそれを閉ざす前に、長く硬い男の指が秘裂に埋もれていた小さな尖りをそっと撫でる。

強い衝撃とともに甘やかな痺れが走り、璃里の背筋から足先までが真っ直ぐに伸びる。

「ああっ」

あられもない声が喉からほとばしると、それに気をよくしたのか誠司は抗《あらが》う隙も与えず同じ場所を繰り返し触れては刺激する。

「ひっ、あっ、あ、ああっ……んぅっ、んっ！」

指の動きに操られるようにして嬌声《きょうせい》が続く。自分ではどうにもならないほど身体が震え、張り、疼痛《とうつう》にわななないては弛緩《しかん》しだす。

悦に満ちた責め苦に身をのたうたせ、喉を反らしながら璃里はこれが快感なのだと頭のどこかで感じ取る。

今までに得たことのない感覚に身を震わせ行く先を怖れながらも、やめてほしいとはまるで思わない。

相反する感情に脳も心も揺るがされ、ぐちゃぐちゃに思考をかき混ぜられつつ、璃里は襲う愉悦の強さに耐えかねシーツを握っていた手を咄嗟《とっさ》に空に差し伸べる。

指先が硬い誠司の髪に触れるや否や抱き寄せて、肩口に顔を埋めすがる。

すると、はっと鋭く息を呑む気配が耳元でして、一層愛撫が激しくなる。

断続的に割れ目を刺激され疼きのあまり目を閉じると、耳元に誠司の熱い吐息がかかり、なお一層身体が敏感に反応しだす。

そのことに気付いたのか、彼は無防備な璃里の耳孔にわざと息を吹きかけ、ついには舌を差し込んでしまう。

熱く濡れた感覚に身体が跳ねたのも一瞬、言い知れない痺れがなぜか腰からうなじへとせり上がってきて、璃里は閉じていた目をはっと見開く。

そうする間にも指は秘裂を滑るように割り進んでおり、ついにはつぷりと音をたてて指先が未開の穴へと埋められた。

「んんっ……」

押し込まれたにも拘わらず、指は愛蜜の滑りを借りてたちまちに男の指は関節二つ分ほど蜜源へと沈む。

「……あぁ」

感嘆のあまり声を漏らしながら、誠司が喜悦に満ちた眼差しで微笑む。

「璃里の中だ。……温かくて、ぬるぬるしている」

聞かせるというより独り言じみたつぶやきは、けれど聞くに堪えないほどの色気に満ちていて、それだけで璃里は全身の毛穴から熱が放たれるような恥ずかしさを味わう。

切なげで、それでいて感じ入った男の声に腹の奥が自ずときゅっと絞まり生温かい滴りが果汁のように溢れる。

触れられるだけでなく、声でも感じてしまうのかと驚くと同時に自分の身体が見せた淫らな反応にどうしようもない羞恥を覚え身がくねる。

それがどれだけ男をたまらない気分にさせるかなど璃里は知らない。ただ、そっと差し込まれるだけだった指がぴくりと動いて、中で膨らみはじめていた肉襞を押すのに感じ呻く。

「すごいな。まだきついのに……ちゃんと、感じている」

揶揄《やゆ》ではなく、ただただ感動する誠司の言葉に違うと答える余裕はなかった。

璃里の反応に気をよくしたのか、気遣うようにそっと差し込まれていた指が素早く根元まで突き入れられ、そのまま中を探るようにぐるりと回される。

違和感を覚えたのも一瞬、じんじんと痺れるような甘い感覚が内側から広がっていき、喘ぎ吸った息で乳房が揺れる。

控えめで、肉感があるとは言いがたい胸は、それだけに敏感で璃里は白い喉を反らしながら後頭部をベッドへと押しつける。

すると腰が勝手に浮いて、ますます男の指を深く受け入れて、どころかもっととねだるようにうねり絡みだす。

「ああっ……は、……ぅっ、っん」

指の腹で中の襞を擦ったり、探るようにぐるりと回されたり。あるいは時折、力強くその方へと押されたりと、指の動きが変わるごとに声が出るのがとまらない。

未知な行為の連続とじわじわとせり上がる渇望感に翻弄され、璃里はただただ声を上げる。

逼迫《ひっぱく》する嬌声に煽《あお》られるようにして誠司の呼吸も荒くなり、それがまた気持ちを昂《たか》ぶらせていく。

身体は燃え立つほど熱く火照り、甘苦しい熱が腹の奥でぐるぐると渦を巻いているのに、自分ではどうにもできないのがもどかしい。

心地よさに身体の輪郭が蕩けそうだと思えば、次の瞬間鋭い愉悦が気を引き戻す。

まるで嵐の海に揺れる小舟のように様々な感覚に揺られ、全身で悶《もだ》えわななき、それでもまだ終わりが見えない。

だが怖いとは思わない。

不安はあったが、怖ろしいと思えないのはすがりつく誠司の身体の逞しさと熱さが璃里を守ってくれると信じていられるからだろう。

「せい、じ……さ……、あ、あああっ！」

掠《かす》れ消え入りそうな声で好きな男の名を囁けば、応えるように彼の指が璃里の内壁を一番悦《よ》い部分を捕らえ押した。

ぶわっと肌が総毛立ったのと同時に、腰が愉悦に痺れ震える。

寝室に放たれる璃里の声は一層甘く艶めいて、そこが弱点だということを無意識に誠司に悟らせてしまう。

その部分ばかりをこね回されて、中の肉襞が喜ぶようにふっくらと充溢《じゅういつ》しだす。

いつしか膝はたてられて、ベッドについていた足先が皺寄るほどきつくシーツを握る。

強すぎる快感に耐えようと身体のあちこちがつっぱり、限界を知らせるようにあらゆる筋肉がぶるぶると震えだす。

「もっ、もうだめっ……いっちゃう！　いっちゃうぅッん！」

鼻にかかった声で必死に訴えると、誠司はひどく優しいキスをこめかみに落とし、色気に満ちた声で応じる。

「いいよ、イって。俺の指で」

言われた瞬間、中にあるものが誠司の身体の一部であると強く意識してしまい、璃里は本能のままに蜜壺《つぼ》をぎゅうと収縮させる。

瞬間、白い光が頭の中で弾け、まるで薄荷のキャンディを舐めたみたいに甘くすうっと意識が遠のき目を閉ざす。

緩やかにほどけゆく知覚とは裏腹に、腰がシーツから浮いてびくびくと大きく跳ね、腕が力一杯に誠司の首筋を引き寄せる。

「んんぁあああ！」

発情した猫じみた喘ぎを放ちながら、璃里は達する。

限界まで張り詰めていた身体がたちまちに弛緩し、くたりとシーツに沈む間に意識がとろとろと蕩け眩む。

束の間の解放は、けれど長くはなかった。

サイドボードの引き出しを開くかたりとした小さな音に意識を呼び覚まされ、重いまぶたを持ち上げてみれば、誠司の大きな手が箱から四角いパッケージを取り出すのが見えた。

「ぁ……」

掠れ消えそうな声を上げ、手の動きに合わせて視線をやれば、璃里が意識を飛ばしている間に服を脱ぎ捨て肌を晒した誠司が、もどかしげにそれを——避妊具の端を口にくわえているのが大きな窓を通して入ってくる夜景の中、浮き立って見えた。

闇に浮き立つ輪郭はくっきりとしていて、だからこそ広い肩幅や張り出した胸筋が綺麗に見える。

太く硬い骨に絡む筋肉はしなやかでまるで大理石でできたギリシャ彫刻のよう。

汗ばんだ肌にぼんやりした光が反射する様はどこか艶めかしく、璃里は我知らず喉を鳴らし唾を呑む。

精悍《せいかん》で逞しい身体が放つ生命のエネルギーに圧され、呼吸すら忘れそうだ。

（変だな）

一緒に暮らしていたのだ。今までだってちらりと誠司の上半身や腕の肌が晒されているのを目にしたことはある。

だが生来の性格からか、あるいは一緒に暮らしている璃里を驚かさないようにか、彼が服装を乱していることはほとんどなく。風呂上がりでもきっちりと服を身につけていた。

そんな彼が、惜しげも無くすべての肉体を晒していることに言い知れないときめきを覚え、同時に気分がこれ以上ないほど高揚させられる。

大きく口を開き、はあ、はあ、と喘ぐように息を継いでいると、誠司は焦らすようにか——あるいは、慣れてないのか妙に慎重に避妊具を自身に被《かぶ》せる。

二人の肉体でつくられた影によりおぼろげな輪郭しかわからないが、それでも誠司の雄は鍛えられた身体同様に太く、長く、怖ろしいほどに張り詰め硬く兆しているのはわかる。

あんなのが、入るのだろうか。

指より遥かに大きいものがそろりと自分の股間に向かうのを見て、璃里は刹那の恐怖に囚われ身をびくつかす。

そのことで怯えているのが伝わってしまったのか、誠司は今まさに恥丘に寄せようとしていた腰の動きをとめて、不意に上体を倒してきた。

発される男の熱が空気を通して素肌を包む。

アンバーと汗の混じった香りは、いつもよりずっと野性的で目の前にいる夫がまるで別人のように感じられ璃里はさらに身を硬くする。

だけど次の瞬間、なにかを堪えるように厳しく眉を寄せていた誠司が、精一杯に理性を駆使しているのだとわかる微笑を浮かべ、そっと璃里の後頭部を左腕に抱く。

「璃里」

切なく希う声に胸が大きく弾み、怯えなど一瞬で蹴散らされる。

愛《いと》おしさをたっぷりと含んだ優しい眼差しに見つめられ、璃里は自分がずっとずっと前から――生まれる前から愛されていたのではないかという錯覚に囚われる。

そんなことはないのだと頭ではきちんとわかっているのに、心のほうがどうにも言うことを聞かない。

これは運命の人、これは唯一のつがい。

璃里にというより、璃里の中で目覚めだした〝女〟に信じ込ませるよう、揺るぎない真摯さで見つめられ、驚いた身体はたちまちに怯えや不安を忘れてしまう。

誠司の温かさに包まれながら、璃里は無類の安堵と既視感を覚え記憶を探る。

（あ、この感じ）

海で溺れた璃里を助けてくれた時と同じだ。

誠司を初めて男として意識し、恋し、言いようのないときめきと憧れを覚えたあの時と同じだ。

だけど今は二人とも大人となって幼なじみという関係に夫婦が加わった。

そして長らく恋だったものが、愛に。形だけだった関係が名実ともに完全な夫婦に変わるのだと気づき、じんとした感動が心の奥で花開く。

口元が自然にほころび緩み、目はただただ愛おしい人だけを写しだす。

自分がこの上なく美しい微笑みを湛《たた》えていることに気付かぬまま、璃里がそっと誠司の背に両手を添えると、彼ははっと鋭く息を呑んでしっかりとした動きで腰を引く。

――いよいよだ。

次に起こることを意識した途端、身体がきゅうっと締まる心地がして。

ずるりと長大なものが先から根元まで秘裂を滑り、へそを打った。

中に入ると思っていた誠司の雄は膣口の下のほうを捕らえはしたものの、そのまま秘裂を割って擦り上がっただけで入らない。

「あんっ」

物欲しげな声が出たことに驚き、口を塞ぎたくなったのを堪えれば、代わりに顔が真っ赤になる。

「くっ」

二度、三度と腰の力を少しずつ強めながら秘裂に己をあてがう誠司が、焦れたように喉を鳴らす。

たっぷりとした愛撫のせいで蜜まみれになっているのと、誠司が璃里と顔を合わせているため体格差で上手く捕らえきれないのだ。

ずり、ずりと先から根元まで抉《えぐ》るように割れ目を擦られ、たまらない快感が全身を走り抜ける。

時折亀頭のくびれが陰核を押し捏《こ》ねるようになるのもすごくいい。

だけど物足りない。どうして物足りなく感じてしまうのかさえわからないまま、焦れた身体が身じろぎ動く。

「……重い、か」

「少し」

中々入らないからか、照れたように顔を真っ赤にした誠司がやや目を逸らしながら言うのに同意する。

本当はその重みさえ愛おしいし、少しも離れたくなかったが、このままでは二人とも焦れるばかりで終われないのだとわかっていた。

だからもう一度腰をひねって身じろぐと、安堵したような吐息とともに誠司の腰が空に浮く。

二人の間に狭間ができて、それが寂しいななんて思ったのも一瞬だった。

次の瞬間、間違いなく蜜孔を捕らえた切っ先が慎重に、だが退くことなく奥処《おく》を目指しだす。

ほぐされ過ぎてふやけたようになっていた花弁が一杯いっぱいに伸ばされる感覚にはっとした時だ。

一層強く頭をかき抱かれて、誠司の体温と匂いに包まれ、同時に入口を丸く拡げた亀頭が男の体重をもって一気に奥処まで穿《うが》たれる。

「ああっ！」

ずんっ、という音が鼓膜の奥底で響いた気がした。

同時に濡れた隘路《あいろ》に熱く硬いものが通り、自分の中に自分以外のものがいることに驚き激しく収縮する。

「きつ……、いな」

喘ぐように誠司がこぼすのに、璃里も息を大きく継ぎながらうなずく。

きつい。狭いものを目一杯押し開かれる苦しさが喉元までせり上がる。

破瓜《はか》の痛みは一瞬で、どちらかというと誠司のものが中にあることのほうが衝撃的で辛いぐらいだ。

無意識に舌を突き出しつつ、走りすぎた時のように大きく息を継ぐ。

同時に未知の感覚に怯え逃げ回る自分に、根気よく言い聞かす。

大丈夫。これは誠司だ。絶対に私を傷つけない。安心していいよと。

それに効果があったのか、あるいは女体が生まれつきそうなっているのか、長いと思えた時間はさほどでもなく、すぐに蜜筒は雄根に馴染んでゆるむ。

するとぬるま湯に浸《つ》かった時のような脱力感が少しずつ湧いてきて、どころか、刺激されたたっぷりと充溢していた肉襞が誘うようにひくつきだして璃里はもう、恥ずかしくて居ても立ってもいられない心地でなおさら誠司に抱きついてしまう。

健気《けなげ》さと可愛さがない交ぜになった淫靡な仕草がたまらなかったのか、璃里が馴染むまで根気強く動くのを待っていた誠司が口を開く。

「動いていいか」

まともに応えるのすらたまらなくて、璃里は誠司の胸元に顔を埋めたままうなずく。

途端、待ちかねたように肉棒がずるりと退いて、次の瞬間ぐうっと押し入れられる。

「は、あ……ああ、あ……っ、ん」

切れ切れに声を漏らしながら、自分の中をゆっくりと慎重に行き来するものから、誠司の気遣いを感じ取る。

痛ませないように、苦しませないように、自身の劣情を抑えてまで、璃里の身体を気遣っている。

腰の動きだけでなく、寄せられた眉や肌に浮かぶ汗からもそれはあきらかで、璃里は申し訳なく思うのと同時に誠司から大事にされているのだという満足感を得だす。

――この人が、好き。

そう思ってから何年経っただろうか。

結婚してから何年経っただろうか。

片恋の長さを思えば思うほど多幸感が増していき、自分の中の女が大きく花開き、璃里の身体が誠司へと完全に拓《ひら》かれていく。

好き。大好き。愛している。

ごく自然に、愛しているという言葉が浮かび、心が歓喜に打ち震えた。

「んっ、誠司、さん」

自分はいいから、もっと強く、激しく奪ってなにもかもを貴方《あなた》のものにしてほしいと希《こいねが》い名を呼んだ途端、中に含む屹立《きつりつ》が大きく膨らみ、力を伴いさらなる奥《おく》へ挿し込まれた。

「ああぅっ……！」

根元まで含まされ、下りてきていた子宮口をぐうっと突き上げられ、璃里はたまらず声を放つ。

痺れるような快感が全身を走り抜け、巡る血の一滴一滴にまで愉悦が染みて、目が眩む。重く甘苦しい衝撃が奥処を焼いているのも堪《たま》らないのに、もっと密着したいのか、誠司がぐっ、ぐっと腰を腰に押しつけるように動く。

媚悦《びえつ》に膨らんだ肉襞や充溢した子宮口を圧迫され、悦のあまりに涙が目の端からこめかみを伝ってシーツへ落ちる。

今にも気が飛びそうな自分を留めようとより力一杯に誠司に抱きつけば、突如として悍馬《かんば》の動きで中を突かれだす。

「あっ、あっあああ……ああー、あ、あぅッ、あ」

奥処を押し上げ、抜けそうになるまで引く。そのリズムに合わせて嬌声が散る。

声に合わせて浅い部分を執拗に突き捏ねられたかと思うと、返す動きで鋭く限界まで剛直を含まされる。

激しく逞しい抽挿に、璃里は振り落とされないようにしがみつくだけで精一杯だ。

感じることを覚えさせられた場所に充溢した亀頭が重くめり込み、内部のしこりを押さ

れだすともうだめで、声はいっそう放埓《ほうらつ》に甲高く寝室に響く。

たまらない。

もう半端に開いた唇から息を継ぐのも難しく、突かれるごとに軽く意識が飛んでしまう。

締め付ける内部はしとどに蜜をこぼし、結合部だけでなく臀部《でんぶ》にまで垂れだしていて、男に縋る指はいつしか肌に爪を立てていた。

痛みを与えるほどしがみつく女に構わず、男はしゃにむに突いて突きまくる。

「ンンぅっ……！　あっ！　あっ、あ……あ！」

限界まで開いた口から、掠れたあえぎを漏らした途端、誠司は突如身を起こし、それまでの優しさを裏切る強引さで璃里の腰を摑み寄せた。

「イくッ」

そう叫んだのは誠司か、璃里か。二人同時か。

わからないまま快楽の坩堝《るつぼ》に二人して呑まれ、ただただ本能に身を任せ汗ばむ身体をすりあわせ、性の部分をぶつけ合う。

互いの肌が打たれる破裂音と、濡れ音が絶え間なく響き、達した内部は過敏なまでに感じうねる。

くびれも、先の大きさも、熱も、なにもかもがわかる。肉に刻まれていく。

ずくずくと奥処を穿たれるたびに、心が彼で浸食される。

やるせない震えに何度も身をのたうたせ、絶頂を迎えるごとに上書きされ、声すら出ないほど極めさせられた。

喘ぎすぎて呼吸は乱れ、鼓動も乱れ、なにもかもわからないのに、繋がる部分だけはリアルで。

「……璃里っ」

吐精を堪え、喉で締め付けた声がぞくぞくするほど色っぽい。

璃里はせり上がる衝動にまかせ背をシーツから浮かし、本能のままに誠司に局部を押し付けた。

「ああああっ、……あ！」

一際高く鳴き、達した瞬間。

狙い澄ましたように誠司が蜜洞の最奥を突き上げ、皮膜ごしに白濁を放つ。

びゅるりと雄の熱が放たれる。

吐精は無限に続くかと思うほど長く続き、屹立は力を失わないまま内部でびくびくと震え、鼓動する。

その淫靡さと生々しさに驚き、感動しながら、璃里はやっと本当の夫婦になれたのだと目を閉ざし。

そのまま静かに意識を手放した。

第四章　新婚夫婦の甘い日々

まぶたの裏が徐々にほの白くなっていく。

ああ、朝が来たんだなと思いつつ、璃里は寝返りを打とうとしてできないことに気付く。

どうしてだろう。まるで壁のようなものがあって仰向《あおむ》けになれない。

（でも壁にしてはすごく温かいような……）

仕方ないので反対側に転がろうとし、そこで腹に男の腕がしっかりと巻き付けられていることを知覚する。

「えっ……」

思わず声を上げ、寝ぼけ眼をぱっちりと見開けば、そこは見慣れない寝室で。

どこだろうと思ったのは一瞬で、大きなベッドと夜明けのビル群を見下ろす一面張りの窓で誠司の——今となっては夫婦の寝室になった場所だとわかる。

途端、昨晩にあった出来事を思い出し、璃里の顔が熱く火照る。

（私、シタんだ）

まだどこかずくずくと疼《うず》く股間や、背中にぴったりとくっつく男の胸筋で昨晩の痴態が記憶からよみがえり、居ても立ってもいられない気分になる。

きゃー、とかうわー、とか叫んでうずくまって、そのまま一日過ごしたいぐらい恥ずかしい。

が、現実は無情で今日は水曜日。つまり平日で当然のごとく仕事もある。

まずは朝ごはんだ。とくに昨晩、帰って来るなりあんなことになったから、誠司はお腹《なか》もすいてるだろう。

まだ布団の中にいたい誘惑をなんとか払いのけ、璃里は腹の上で組まれた誠司の手に自分の手をそっと重ねる。

さらりと乾いた大きな手。組み合わされた長い指。

外科医らしく器用で繊細な作業さえ難なくこなす手が、人の命をいくつも救ってきた手が、昨晩は自分を愛撫《あいぶ》し優しく扱ってくれたのだ――と、また思い出しかけ、璃里はあわてて首を左右に振る。

いやいや、そんな場合じゃない。まずこの手を外して、シャワーを浴びて、朝ごはんの支度をしてから、出勤準備に移らなければ。

目が覚めたのがいつもより少し早いのは幸いだ。さっそく、誠司を起こさないように慎重に、この手を外して――。

（って、外れない……！）

軽く抱いているように見えて、指ががっちり絡んでいる。それを摘まんではずそうとすれば、逆に力強く抱き寄せられて。

「ッ…………！」

お尻の谷間に、硬くて長いものが当たって滑る感触がして璃里は息を詰める。

昨晩、したのに、なんで朝からこんなに硬くなっているの！　と混乱するのと、早く手を離さないとと焦る気持ちで訳がわからない。

馬鹿みたいに一人でジタバタとあがいていると、璃里の首筋に顔を埋めていた誠司が、我慢できないといった風情でくくっと喉を震わせた。

「……せ、誠司さんッ」

起きていたんですか！　と驚嘆の声を上げようとした刹那、耳元で妙に色っぽい掠《かす》れ声が囁《ささや》く。

「おはよう、璃里」

低くて、チョコレートみたいに濃厚に甘い目覚めの挨拶に、腰が力をなくしかける。

いやいや、そういう場合じゃないと理性が叫ぶ中、もう顔どころか全身を朱に染めながら璃里は背を向けたまま、うつむき挨拶を返す。

「おはようございます、誠司さん」

「ん、……」

まだ寝ぼけているのか、それとも余韻を楽しんでいるのか、起きなければならないことはわかっているはずなのに誠司はまったく動く気配がない。当然、璃里を解放する様子もない。

どころか璃里の腹に回した腕を引き寄せると同時に、自分の腰を尻の谷間に押しつけてくる。

「あー……、気持ちいい」

まだ半分寝ているのか、完全に気の抜けた声でしみじみと呟《つぶや》かれる。

が、璃里はもう完全にそれどころではない。

「誠司さん、離して！　早くっ」

「……嫌だ」

真っ赤になりながら言うと、顔と同じく赤くなっているだろううなじにちゅっと唇を落とされ、唇だけで甘噛みされだす。

途端、昨晩灯《とも》された快感の熾火《おきび》が熱を持ち、身体にゾクゾクとしたものが走りだす。

これはまずい。またあんなことをしていたら二人とも完全に遅刻だ。

「朝ごはんを食べられなくなりますよ！」

「いらない。……璃里のほうが欲しい」

色っぽい吐息を落としながら、璃里の尻肉に挟んだ肉棒をゆっくり前後に動かし始める。

「昨晩も食べてないでしょう！　今日は手術日でしょう！　お腹が鳴ってオペで失敗していいんですかっ」

必死になって伝えたと同時に、誠司の口より早く腹が鳴る。

「…………」

気まずそうに沈黙し、上目使いで睨んでくるその子どもじみた仕草にドキッとしてしまう。

思えばこんな風に誠司から甘えられたことなんてなかった。どちらかというと彼はいつも余裕できっちりとしており礼儀正しいタイプだ。

女性に対しては常に素っ気なく、璃里に対しても塩ではないが甘いという訳でもない、キスだって特別なことがなければ——バレンタインだとか、クリスマスだとかのイベントついでで、おまけに頻にしかしてくれなかったぐらいだ。

なのに急にどうしたことだろう。

困惑しながら誠司の手首を摑《つか》んで引っ張ると、先ほどまでしっかり抱きついていたのが嘘《うそ》のように剝《は》がせてしまう。

「……起きる」

「はい。起きてください。私、先にシャワー使いますね！」

「ん」

璃里の横に仰向けとなり、どこか不服がちに前髪をかき交ぜながら誠司が返事をする。

その気怠《けだる》げな様子に、いかにも事後ですという色気を隠さない姿に内心で悲鳴を上げつつ、璃里はベッドの下に散らばった服や下着をかき集めて浴室へ逃げる。

水に近い温度のシャワーで頭も身体もスッキリさせ、取り急ぎ短パンとパーカーだけを羽織って台所へ向かう。

普段しないようなミスを連発してしまうのは、もう仕方がない。

昨晩、はじめていたした上に朝から堅物だったはずの夫から甘く迫られ、駄目押しに寝坊。

なのでうっかりパンを焦がしてしまうし、目玉焼きは逆に半熟どころか完全に硬くなり、とどめにサラダの千切りは一センチぐらいのざく切りになっていた。

ともかく量だけは普段より多めに朝食を用意すると、シャワーを浴びてきた誠司がキッチンへ来て、冷蔵庫からペットボトルのミネラルウォーターを出す。

いつものようにそのまま一気飲みするのだろうと思っていると、突然、うなじにそのペットボトルがあてられて。

「んひゃっ」

洗い物をしていた璃里が変な声を出すと同時に、また誠司がくすくすと楽しげに笑い、耳元で囁く。

「まだ、少し赤い。……真っ白な綺麗《きれい》なうなじなだけに目立つな」

言うと、一気飲みして空になったボトルをシンクに置くやいなや、背後から璃里を抱きしめて。

「おはよう、奥さん。今日も可愛いな」

聞いたこともないような甘くセクシーな声で、二度目のおはようを告げられても困る。

危うく洗っていたフライ返しを落っことしそうになりつつ、璃里は目を回す。

本当に変だ。おかしい。

こんな風にじゃれてくるなんてなかったし、可愛いとか平気で口にする人じゃなかったのに。

一体どうしたことなんだろう。

ともかく冷静になりたくて、挙動不審の原因である誠司に伝える。

「朝ごはんできましたから、先に食べてください」

外科医の誠司は璃里よりも出勤が一時間半ほど早い。

というのも、入院している患者の様子を見て回らなければならない上、担当する患者の状態を同じ医局――心臓血管外科の医師と共有するためのミーティングもあるからだ。

だから急ぐように伝えるも、本音は少し距離を置いてほしい。でなければ、心臓が持ちそうにない。

朝から全力疾走したみたいに鼓動する心臓をなんとか落ち着けようと、深呼吸しているのに、突然、誠司が背後から抱きついてきた。

「離れがたいな」

心底そう思っているのがわかる真剣な声でつぶやかれ、璃里はどうしていいかわからない。

「このまま二人で閉じこもってしまおうか。ここに」

ゾクリとするほど色気に満ちた声で告げ、含み笑いで語尾を飾られ完全に頭がパニックになる。

「いやいや、仕事でしょう！　本当に！　遅れますよ！」

たまらず叫んだ途端、身体を包む男の温《ぬく》もりが離れ、そのことに切ない寂しさを覚えるも、そういう場合ではないと自分自身に言い聞かせる。

「冗談もいい加減にしないと！」

「本気だが」

さらりといつもの調子で言われ言葉に詰まる。こういう時、相手が一回り近く年上なのが悔しい。璃里がどんなにがんばっても敵《かな》わないほど余裕すぎる。

「そんなことを言って……」

困らせないでくださいと続けようとした時、キッチンカウンターに置かれていた誠司のスマートフォンが鳴り出す。

先ほどまでだだ甘な声と雄の強引さで迫っていたとは思えない素早さで、誠司はスマートフォンを取ると、すぐに会話に入る。

途中聞こえてくる、解離《かいり》、偽腔送血《ぎこうそうけつ》、下降大動脈という医療用語からオペ室からの緊急電話だとわかる。

璃里は朝食を手早くサンドイッチに作り替えラップに包み、ウォーキングクローゼットで着替えている誠司の足下に置いてある宿泊用バッグの中にそれをいれ、視線で「後で食べてください」と伝えた。

と、彼は指示をしながら目で頷《うなず》き、片手でネクタイを締める。

ものの五分も経《た》たずに出勤準備を整えた誠司は、少し早足でリビングに戻ってくると落ち着いた声で「行ってくる」と伝え廊下のほうへ行くが、数歩進んだだけで戻ってくる。

忘れ物かな、と首を傾《かし》げているとみるみる璃里に近づいて。

「これを忘れていた。奥《おく》さん」

「奥さ……ふ、ぅ……」

突然、後頭部を摑まれ口を塞がられる。

不意に唇を覆った柔らかく引き締まった感触にどきりとしているうちに、上唇から下唇と順番についばみ吸われ、じんとしたものが下腹部へ響く。

突然のキスに驚き、顔を赤くしていると、誠司はさらりと璃里の前髪を払って額に手をあて、それからしごく真面目な顔で告げた。

「昨晩は無理をさせた。だから、きつかったら休んでいい。俺から君の部署に伝わるよう手を回しておくから」

言われた途端、昨晩のことを思い出してしまい、璃里は脚をもじつかせてしまう。

朝からそんなこと言わないでほしい、と頭一つ分は上にある誠司の顔を睨《にら》めば、彼は蕩《とろ》けるような笑顔になって続けた。

「いい子で待ってろよ、璃里」

「……ッ！　は、早く行ってください！！　それと、仕事は大丈夫ですッ」

誠司から璃里が休むなどと伝えられては、周りになにをどう誤解されるかわからない。

というのも、特別扱いされるのが嫌で病院では夫婦であることを公にしていないのだ。

わななく指先で誠司の胸を押し、そのまま玄関の方を向かせ、続けて背中を押して出勤させる。

その間中、誠司は楽しげに笑っていたが、こちらは笑うどころではない。

閉まったドアの向こうから、足音が遠ざかって行く。

そこまでがんばって気合いをいれていた膝が瞬く間に崩れ、璃里は玄関にぺたりとへたり込む。

「……一体、どうしちゃったの。誠司さん」

堅物で、真面目で、夫というより厳しい兄という態度だった彼が、突如、妻を溺愛するようになるなんて。

これは夢かとほっぺたを思いっきりつねってみれば、当たり前のように痛みが走り顔をしかめる。

「現実だと、思えない」

昨晩の変身が功を奏して初夜に繋《つな》がったのはわかる。だが、抱いたからといって、こうも変化するものだろうか。

「男性って、わからない……」

中学高校大学と女子校で、誠司一筋だったので自分から異性に関わることをしなかったため、男に対する理解も知識もまるでないのだ。

璃里は頭を抱えながら、帰って来たら美智香が渡してくれた女性雑誌を見て学習しようと心に硬く誓っていた。


頭を悩ませていたためか、出勤がいつもより五分遅れてしまった。

とはいえ常に早めの行動をする璃里なので、遅刻にはならずとくに焦る必要もなかったが、違う意味で焦っている。

誠司とばったり会ったらどうしよう。

メイクをしている時も、着替えている時も、昨晩の出来事はもちろん、朝のキスを思い出し、嬉し恥ずかし、そして悩ましいと一人百面相をしていたが、まるで心の準備ができていない。

璃里の仕事は事務方で、正式には医療情報部広報課というところで、院内雑誌の編集や院内で流す病院案内のビデオ作成、学会発表の紹介にホームページの更新——といった、対外広報を担う部署なので、普通はドクターとそんなに接点はない。

が、撮影やインタビューが入れば話は別で、時間を調整してもらい面談させてもらうこともある。

もっとも、そういう難しいことは先輩や上司が担当していて、璃里は書類整理やスケジュール調整といった新人らしい——というよりアルバイトみたいな仕事しか任せてもらえてないが。

部署自体、五人という少人数の課で、本来なら璃里も取材などを勉強してどんどんと仕事をこなして行かなければならないのだが、苗字《みょうじ》が〝六条〟であるため、病院長の姪《めい》っ子か親戚と思われ、お客さん扱いされてしまっている。

それがなんだか少し寂しい。

医学部にも薬学部にも進めなかったので、せめてもの役に立てればと医療経営学科に進んで、希望は運営企画部だったが、やっぱりというかなんというか、当然のように辺縁部署——医療にあまり関わらない部署へ配属されてしまった。

とはいえ、配属された以上は頑張って病院のよさを知ってもらおうと気合いをいれていたのだが、六条のお嬢様扱いが半年も続けば、やる気も少し元気をなくしてしまう。

(いやいや、駄目。気合いをいれなきゃ。がんばってればいつかはちゃんと仕事を任せてもらえるって信じて！)

自分で自分に言い聞かせながら、内科の先生宛のスケジュール調整を願うメールを書き上げ送信した。

その時だ。

「六条さん、ちょっといい？」

突然、課長から声をかけられ目をしばたたかす。

メールに不味《まず》いところでもあったのだろうか。いや、テンプレートだったしなあ。ひょっとして宛先間違いだった？　などとミスの可能性を考えつつ課長のデスクの前に立つと、彼は申し訳なさそうな顔をして切り出した。

「あのさ、急なんだけど、午後のオペ撮影に参加できるかな？」

「え？」

「担当予定だった萱野《かんの》さん、お子さんが急に熱を出したとかで保育園から呼び出しを喰《く》らっちゃって……」

ああ、と声を上げる。

そう言えばさっき、私用の電話を受け取るなり課長となにか相談していたなと思い出す。

規模が大きいだけあって、六条伏見病院内には二十四時間体制の保育室があるのだが、基本的に医師や看護師などの医療従事者と、早朝出勤が多い管理栄養士が優先で、一般事務職員の子どもはほとんど枠を取れない。

なので同僚の萱野も病院近くにある保育園に子どもを預けているのだが。

「そろそろインフルエンザの季節ですもんねえ」

ついこの間、全職員に対し予防接種を受けるようにとのメールが来ていたのを思い出しつつ璃里はうなずく。

「大丈夫ですよ。とくに急ぎの仕事はありませんし」

毎日定時には仕事が終わるよう調整されているぐらいだ。急ぎも残業になりそうな仕事もない。

「そうかあ。よかった。……もう入職して半年以上経つしね、そろそろ新しいことしたいよね」

にこにこ顔になってしまったのを見られてしまったのか、課長がやや苦笑しつつ予定表を出す。

「難しいことはないよ。手術部の中にあるモニター室に行って、カメラの映像から宣伝材料になりそうな部分を見つけて、時間をメモるだけ。注意点はこれだから」

言いつつ、予定表とは別に手書きの赤文字が並ぶメモを渡される。

席に戻って内容を確認すると、院内に流すとはいっても、手術の様子をそのまま使えばいいという訳ではなく、出血が多い場所や患者の顔が映るカットはＮＧなど書かれている。

丁度昼休みに入ったので、それを熟読しながら誠司に作ったのと同じサンドイッチを口へ運ぶ。

いろんなことがありすぎて、朝は食べる心の余裕がなかったのだ。

最後の一欠片《ひとかけら》を口に押し込んで、餌をため込んだリスみたいな顔になりながら璃里は自分なりの注意点を記入したメモを取って立ち上がる。

(手術部に行くのは研修以来だな)

普段はデスクワークで自分の部署から出ることも稀《まれ》なので、慣れない場所に行く緊張と好奇心で気が張ってしまう。

午後二時開始のオペと説明されていたので、まだ少し早いぐらいだが余裕はあって困るものではない。

六条伏見病院はコの字型に六階建てのビルが配置されており、へこんだ部分にある中庭を通って正面外来棟、左手にリハビリ棟、右手に入院棟があり、正面外来棟の裏側にある小さい五階建てのビルが事務部門や食堂、講義室がある事務棟だ。

普段、璃里が仕事をしているのは事務棟三階で、オペ室が集められている正面外来棟の三階までは渡り廊下一本で繋がっている。

丁度昼休みが終わる二時に差し掛かり、渡り廊下は正面外来棟にあるコンビニで飲み物を買ってきた人や、外で食事して戻って来た人などで混んでいた。

ぶつからないよう気を付けながら早足で歩き、正面外来棟の三階に入った途端、スタッフ専用通路の空気が変わった気がして背筋が伸びる。

やや気詰まりさを感じつつ、医療従事者だらけの通路を歩けばすぐ、手術部と書いてある両開きの自動ドアの前に着く。

午前にあったオペが終わり出て行く患者と午後から始まるオペに入る患者の、車椅子やらストレッチャー、ついでに付き添いの病棟看護師などがひっきりなしに行き交う入口をそそくさとくぐれば、すぐ、カーテンで視線を遮断された麻酔回復エリアが見え、その向かい側に手術部受付がある。

璃里の用事がある映像管理室は受付——ナースステーションの裏側にあり、カウンターにいる看護師の誰かに声を掛ければすぐ入れると聞いていたが、あいにく、手術待ちの患者が列をなしていて、とても忙しそうだ。

どちらにせよ、彼らがオペ室に入らない限り璃里の仕事は開始できないので、少し手が空くまで待たせてもらおうと通路の隅に立っていると、思わぬ人から声を掛けられた。

「あれー、璃里ちゃんじゃないの。どうしたの」

美智香の夫である豊坂馨だ。

振り返れば、彼は手術着の上から羽織った白衣のポケットに両手を突っ込んだ姿で、のんびりとこちらに近づいてきた。

「豊坂先生」

「水くさいなあ。美智香の親友なんだから馨さんでもいいのに。真面目だねえ」

夫婦揃《そろ》って、とにやりと笑いながら小声で囁かれ、璃里は肩をすくめる。

特別扱いされたくないため、璃里が誠司と結婚していることは内緒だが、ごく一部の親しい人と上層部だけは知っている。

当然、姻戚で義弟でもある豊坂は二人の関係を知っていて、それを隠している事情も承知している数少ない人間だ。

「仕事中ですから」

「そゆとこ。ほんと君ら似てる」

あえて誠司と言わないあたり、いい加減なようで気を遣う豊坂の性格が出ている。

「手術部にいるなんて珍しいね。なに？　宣材撮り？」

「そうです。今日は五番オペ室である手術の映像を貰いたくて」

「お。……今日の五番っていったら、ウチのオペじゃない？　何時から」

心臓血管外科の手術予定が入っていたのか、と初めて知る事実に目を大きくしながら二時と答えると、豊坂は嬉《うれ》しげに目を細めた。

「やった。俺、第一助手。イケメンに撮ってね」

「イケメンって、キャップとマスクをつけてるんだから、多分わからないですよ」

患者の体内を触るため、外科医は手術着に加え、サージカルガウンと呼ばれる防護服に手袋、口にはマスク、頭には水泳帽のようなキャップを被って執刀する。そのため、目元以外まるで見えない。

璃里が笑いながら指摘すると、豊坂はおどけた動作で力こぶを作るポーズをしてみせ、続けた。

「そうだけどさあ。気合いの入り方が違うのよ」

「そんなこと言ってないで、全部のオペを全力でがんばってください」

つられて笑いながら言っていると、不意に頭の上に影が差し突然、豊坂が遠くなった。

理解できない現象に目を見開き、影の主のほうを見上げればそこには誠司がいつも通り――いや、いつもより厳しい顔で豊坂の首根っこを摑んで引っ張っていた。

「近すぎだ。セクハラになるぞ」

心持ち低い声で警告するのに、璃里はそんなことないですよと両手を振る。

事実豊坂との距離は他人より近くはあったが、誠司や美智香のようなごく親しい人ほど側《そば》ではなく、せいぜい気の知れた同僚程度の距離だった。

「大丈夫ですよ。豊坂先生は美智香の旦那様ですし」

苦笑しつつ補足する璃里に対し、肝心の豊坂は引っ張られたまま目を丸くして顔をひねって誠司を見ていたが、そのうち、はーん、と変な声を出してニヤニヤしだした。

「そうそう。あんまり義弟を虐《いじ》めないの誠司義兄《にい》さん」

中学高校大学に加え職場まで同期の豊坂から、義兄呼ばわりされるのを誠司が苦手としているのをわかっていて、絶妙なイントネーションで口にした途端、襟を摑んでいた手がぱっと離れる。

「義兄と呼ぶな。かゆくなる……」

「でも事実でしょ」

そう指摘される誠司も、今日はオペ日とあってか手術着に白衣と豊坂とまったく同じ格好をしている。違いがあるとすれば、朝はきっちり整えていた髪が手術帽を長時間かぶっていたせいで少し跳ねているところぐらいだ。

家にいるリラックスした雰囲気や、出勤時の清廉な姿とは違う、ほどよい緊張感と力が漲《みなぎ》る様は男らしくて、璃里は少しだけ鼓動が速くなる。

「誠司さ……先生もお疲れ様です」

職場では夫婦であることを伏せているのと、公私の別をつけないと昨晩の出来事に頭がひっぱられそうで、璃里がなんとかそう挨拶すれば、なぜか誠司は少しだけ拗《す》ねたように視線を横へずらし、変に大きな咳払《せきばら》いをした。

「お前、わかりやすいよな。誠司……」

ぼそっと豊坂が呟くが、なんのことかわからず首をひねっていると、誠司が豊坂のぼやきを打ち消すように尋ねてきた。

「それより璃里……さん、どうして手術部に」

璃里と同じように家のような呼び方をしかけ、訂正する。

こういう時、六条という苗字の職員が多いのはややこしい。

でも、なんだか夫婦っぽくてくすぐったいなと思ってしまうのは、色ボケだろうか。

そんなことを考えつつ、璃里は手早く用件を説明した。

「ああ、じゃあ今日のオペの取材は菅野さんじゃなくて璃里さんになったわけか」

「そうです。オペ室には入りませんが、モニター室から見させてもらいますね。よろしくお願いします」

職員と医師の会話としておかしくない言葉遣いを選び告げ、頭を下げると誠司が変なことをいいだした。

「だったら、今日は一層気合いをいれなければ」

——豊坂とまったく同じことを言っている。

やはり取材されるとなると緊張するのかな、などと考えていると、いかにも面白そうに腹を抱え震わせながら豊坂が誠司を肘でつつく。

が、誠司はそれに構うことなく璃里だけを真っ直《ま》ぐ《す》に見つめている。

その視線の熱さにどぎまぎしてしまう。これでは夫婦とバレてしまうかもしれない。いや、バレても多分問題はないが、今でもお客様扱いなのが〝未来の院長夫人〟としてお飾り職員になるのは勘弁してほしい。

どうすれば自然に見えるのかなと対応を頭で考えていれば、やっと人をさばききったのか、ナースステーションの方から婦長さんが申し訳なさげな顔でやってきた。

「六条さんですよね。広報課から連絡されていたのに本当にすみません。この時間はいつも混んじゃって」

「あ、いえ。大丈夫です。まず患者さんですから」

ごちゃつく頭の中身を押しやり、仕事モードで璃里は返す。

ひとまずは後だ。今は職場なのだから業務だけに集中しなければ。

話が途中だったので誠司と豊坂に頭を下げると、彼は笑って手を振りどこかへ歩いて行ってしまった。

「モニター室に案内しますね。こちらです」

「よろしくお願いします」

後ろ髪を引かれつつついて歩くと、扉にモニタリングルームと書かれたプレートが下がっている処へ辿《たど》り着く。

ノックをして中に入れば、十台ほどのモニターと、その前に年配と若手の二人の男性が座っているのが目に飛び込んできた。

同じ医療情報部の安全対策課の人だ。

彼らは空気の流れで人が来たことに気付いたのか、くるりと振り向いて、だけどすぐモニターの方を見ながら挨拶をよこす。

「ちゃんと自己紹介できなくてごめんね、今、人の出入りが一番多い時間だから」

いいつつ、手元のダイヤルを操作して手術する医師の手元にピントを合わせたり、外回りの看護師が全員入るようカメラの位置を調整したりしている。

こちらこそお邪魔して――と定型の挨拶をすると、手で空いた椅子を示されて、わからなかったら聞いて。操作はラベル通りだから。と言われ、ノートパソコンを一台渡された。

よく見れば、壁にあるモニターもノートパソコンも、画面はそれぞれ九分割されていて、いくつかある手術室を上下左右いろんな角度から映し出していた。

渡されたノートパソコンも同じで、画面上にあるタイトルに〝第二手術室――僧帽弁置換術・執刀医師　六条誠司〟と書かれていて璃里はどきりとしてしまう。

接続されているヘッドホンをおそるおそる装着すると、手術はもう始まっている様子で、『ベントカニューレ挿入』『貯血レベル順調に上昇』など、医師や臨床工学技士の端的な会話が聞こえてくる。

難しくてよくわからないながらも耳を澄ませていると、突然、すべての会話が途切れ静寂が訪れた。

マイクが壊れたのかなと思いかけたその時だ。

低く耳に心地よく響く男の声が厳かに告げる。

『心停止《しんていし》』

きいんとした耳鳴りを帯びて声の残滓《ざんし》が消えると、男は――執刀医である誠司が感情のない冷徹な調子で続ける。

『大動脈遮断《しゃだん》……保護液注入』

そこからは時間の感覚がまるでなかった。

鼓動が止まった心臓の上を誠司の手が走るたびに新たな組織層が切り開かれ、蝶《ちょう》の動きで指がひらめくごとに大きく太い血管へと放射状に糸がかけられていく。

張り詰めた手術糸に無影灯の光が反射するさまは、幾何学的な美しさがあり目が離せな

い。

璃里は呼吸をすることさえ忘れて、切除された弁のかわりに人工弁が嵌《は》められていく様子を見つめる。

――ものすごく、綺麗だ。

手術というと血や肉片などホラーなイメージがあって怖いとさえ感じるが、実際の景色はもっとシステム的で、静謐《せいひつ》と緊張、そして修練により磨き上げられた外科医の――誠司の技術の随だけがある。

拡げられた血管へ向かい、張られた糸を伝って人工弁が寸分違わず、まるで最初からそこにあったかのような自然さで収まると、また誠司の指が閃《ひらめ》いて人工物と有機物である人体が手術糸でつながれ融合していく。

『大動脈遮断解除《クランプ》……………心拍動再開』

『体外循環終了です』

臨床工学技士の男性が告げた瞬間、それまでの静寂が嘘のようにほどけ、手術に参加していたメンバーの目元が緩む。

――成功だ。

いつのまにか手に汗を握っていた璃里が確信したと同時に、第一助手をしていた豊坂がなにごとか囁く。

途端、誠司が顔を上げて璃里を、というより璃里が見ているカメラのほうを向く。鋭い眼差《まなざ》し、汗ばんでいる肌、どこか野性的でもあり理知的でもある不思議な瞳が目に映った途端、驚くほどの強さで璃里の心臓が脈動する。

皆が笑い、安堵《あんど》しきっている中で、一人、誠司だけがまだ命の戦いを続けているのだと気付く。

オペだけが終わりじゃない。

これからＩＣＵ、ＨＣＵ、病棟と順を追って回復させ、生活に耐える身体を作るリハビリにつきそい、日常に送り出すまでが戦いなのだと、刹那の視線で気付かされる。

息が止まり、知らず喘《あえ》いでいるうちに患者の傷が豊坂ともう一人の助手によって縫い閉ざされていき――そして映像が終了する。

璃里は、感動のあまり呆然《ぼうぜん》とする。

しまった、見所の時間を控えるのをすっかり忘れてしまった。あとで見直してリストにまとめ編集しなければならないのに、これでは二度手間だ。

あまりにも酷《ひど》いミスにがっかりしていると、隣で他のオペをモニタリングしていた男性がくすりと笑った。

「誠司先生のオペ、凄《すご》かったでしょ。……大体みんな、見蕩《みと》れて、時間なんて記録できないまま終わるから。気にしなくていいよ」

それだけ技術が優れていて、かつ、場を統括する気迫もあるのだと教えられたが、もう、璃里は恥ずかしがればいいのか、感動すればいいのかわからず、ただ、自分の夫となった男の凄さに嘆息させられていた――。


モニタールームで誠司のオペを見て一日どころか二日経っても、璃里の興奮はまだ熾火のように灯《とも》り燃えつづけていた。

あまりの凄さに見入って、見所の時間をメモすることができなかったことを、課長に正直に告白し謝罪をしたら、〝丁度いいから、編集して一本仕上げるまで六条さんが担当してみたら〟と言われ、その時のしたり顔から、課長もこうなることが最初からわかっていた模様。

そんなこともあってか、璃里は仕事が終わるや都心部の大型書店の医学書コーナーへ急ぎ、一番わかりやすかった心臓外科手術の本を買ってめくってみたり、誠司が購読している専門書をわからないながらもネットで調べて読んだりと、帰宅してからも忙しく知識を仕入れていた。

そして勉強すればするほど、彼がどんなに凄いことをしているのか。そこまでにどれほどの努力を重ねていたのかを知り、ますます尊敬と思慕は募る。

大病院の唯一の後継として生まれ、当然のように医学部へ進み、優秀な成績で卒業し、さすがは院長の孫。素晴らしい才能と周りから持てはやされていたが、どんな才能でも努力で研磨しなければただの原石だ。

幼い頃を振り返れば、彼は周囲にいる同年代の友人達より多く勉強していたようだし、夏休みなどの長期休暇は積極的に全国でも名の知れた病院への研修会に参加してもいた。

それがわかるから、璃里は誰よりも誠司の〝凄さ〟に感動したし、親同士の約束やいろんな事情が重なったとはいえ、彼と結婚できたことは奇跡だとまで思うようになっていた。

だからこそ、誠司をもっと支えたいし、凄さを他の人と共感したいと、映像作りにも熱が入る。

週末の金曜というにと呆《あき》れる美智香からの夕食の誘いを断り、今日も沢山の本を抱えリビングにあるローテーブルの前に陣取る。

最初は自分の部屋で勉強していたが、資料を何冊も広げているうちに足の踏み場がなくなってしまうので、結果、より広いリビングで仕事兼勉強をするようになった。

以前は、そこに入ることさえ緊張していたのが嘘のようだ。

そんなことを思いながら、パソコンで何度目かしれない映像の再生を行っていると、不意に背後から声をかけられ飛び上がる。

「璃里？」

「ひゃっ！」

集中していたため、まるで誠司の帰宅に気付かなかった。

心臓血管外科医は手術当日と翌日はほとんど帰宅することがない。

誠司や豊坂などの若手医師の場合はその後も救急から依頼される緊急手術に入ったりするため、下手をすると土曜日の夜か日曜日の朝まで帰らないこともしばしばなため、金曜である今夜に帰宅するという意識が欠けていたのだ。

あわてて立ち上がってお帰りなさいを言おうとすれば、膝に広げていた医学書がバサバサと床へ落ちてさらに慌てる。

「せ、誠司さん、帰ってきていたんですね。ごめんなさい。気付かずに」

「いや、それはいいんだが……。一体なにを見て」

いるんだ、と言いかけた誠司は床に落ちた本を見て、次いでパソコンの画面とそこから流れる自分の声を認めて、目を丸くする。

それからなにかを言いかけ、結局言えず、器用なことに耳だけを赤くしつつ顔の下半分を手で隠す。

「それは、この間のオペの……？」

慎重に尋ねようとするあまり平坦《へいたん》になってしまったのが分かる声に、璃里まで赤面してしまう。

「そう、です。……あの、編集を任されて、見所を抜粋しなきゃいけないんですが、全部があまりにも凄くて、感動して、格好よくて」

あの人が好きなのと友達に内緒話をしていたら、背後に本人が立っていたのと同じ羞恥に晒《さら》された璃里は、言わなくていいことまで言ってしまい、もう、どうすればいいのかわからない。

心の中で奇声を上げ、もう一人の自分が真っ赤になって地団駄を踏んでいる。

「俺が、格好《かっこ》いい……」

相変わらず顔の下半分を手で隠したまま、眉を思いっきり寄せているが、声がどうにも浮かれている。

これは笑われるとぎゅっと目を閉じていると、間を置かずしてきつく抱きしめられる。

スーツに染みたウッディな香水の香りが先にふわりと肌を撫《な》で、次いで逞《たくま》しい両腕が璃里を包んで背で手を組む。

そうして、そのまま首筋に顔を埋め、まるで猫のように頬《ほお》をすり寄せながら、誠司はすごく嬉しそうに、璃里、璃里と名を繰り返す。

隠しもしない愛情表現に心臓が跳ね、たちまちのうちに早鐘を打つ。

「せ、誠司さん？　誠司さん……ッ」

男の髪が肌を滑るくすぐったさに身を竦《すく》め、名を呼んで落ち着かせようとするが逆にますますきつく抱きしめられ、ついには首筋に唇が当たる感触がして、璃里はびくんと身を跳ねさせる。

「それで俺の仕事のことを勉強していたのか」

少しだけ色を帯びた低い声に肌がざわめく。

どうにかなりそうな熱い吐息がうなじをかすめるのを意識しないよう努めつつ、璃里はうなずく。

「それもありますけど、今まであまりにも漠然としか誠司さんの仕事を理解してなかったなって。それで、理解できたら、もっと私になにかできるのかなって……妻だから、夫を支えたいと」

尊敬し、憧れ、そして支えたいと思ったことを素直に伝えると、誠司は悪戯《いたずら》めいた笑いを漏らし、璃里の首筋に口づける。

「そう。俺の、妻」

熱っぽさだけでなく、どこか陶然とした声色はとてつもなくセクシーで、璃里は思わず身を震わす。

「駄目、ですか」

勇気を振り絞って尋ねれば、誠司はいや、と否定し首筋から耳元とついばむだけの甘いキスを続けた後に囁く。

「いつもより早く君に会いたかった。いつもよりもずっと強くそう想《おも》った」

声だけでしかないのに、胸が苦しくなるほどの切なさが伝わり、璃里は誠司の背中に手を伸ばし、そっと抱き返す。

「私も、誠司さんに早く会いたかった」

同じ気持ちでいることを伝えた途端、誠司が上体を起こし、止める間もなく璃里の顎を指で捕らえる。

そっと、今にも潰れそうな小鳥にするような触れ方とは裏腹に、見つめる視線は獲物を捕らえた肉食獣のそれで、矛盾した男だけが醸し出す艶にあてられ璃里が視線をぼうっとさせたのも束の間、あっというまに唇が奪われる。

溢《あふ》れる思いを伝えようとするように、重なった唇から瞬く間に舌が侵入し、璃里の口腔《こうこう》を舐《な》め回す。

誠司は頬の裏側を舐《な》め溶かすようにしながら、奥へと至り、反射的に閉じようとする璃里の歯列を奥から手前へと丹念に舌先でなぞる。

舌の付け根をつうっと舐め探られるうちに、顎に力が入らなくなる。

瞬く間に璃里は口中に唾液を溢れさせ、男の舌が出入りするくちゅぬちゅという濡《ぬ》れ音が淫靡《いんび》な雰囲気を強めさせる。

そうなるともう駄目だ。

開いた歯の間を自在に通り抜け、口蓋のざらりとした部分をねっとりと舐め回されていくたびに、理性までもを舐め溶かされていく。

だけど伝えたい思いがあるのは誠司だけじゃない。

璃里は、はしたないとわかりつつも、勇気を出して誠司の舌へと自分のそれを沿わせれば、一瞬驚いたように彼の舌が動きを止め、次の瞬間、舌根がつきりと痛むほど強く吸われ、腰に巻き付く男の腕に力が籠もる。

「んう、……っふ」

繋がる唇だけでなく、重なる身体からも服越しに熱が伝わりのぼせていく。

誠司の身体は小柄な璃里には大きすぎて、抱きつくというよりすがりつくような姿勢になっていたが、それでも腕を解きたくなかった。

「ふ……むぅ、ん、んんッッ、ぁ……はぁ、ッ、く」

会えなかったのはたった二日でしかないのに、今はどうしても誠司と離れたくない。

けれど体力には必ず限界が来る。

必死に口づけに応え、自分からもちろちろと誠司の舌を舐め、混じり合う唾液の甘さに酔いしれていた璃里の腕が痺《しび》れて緩み、同時に膝から力が抜ける。

けれど床へと崩れ落ちてしまう前に誠司の両腕が腰から尻へと滑り下り、そのままぐいっと引き寄せる。

力強い動きで引き寄せられ、次いで、着ている服などものともしないほど確かに男の肉体を感じる。

「あっ……」

へそにぐりっと硬い感触が当たり、それが兆した誠司の雄だと理解した瞬間、璃里はこれ以上ないほど真っ赤になって身を震わす。

「璃里、抱きたい」

シンプルなだけに、強く激しい欲求が伝わるやり方で誠司が囁き、璃里はごくりと喉を鳴らす。

求められていることに対し喜ぶ女の部分と、こんな状態で抱かれればどうなってしまうのだろうかという不安がない交ぜとなって戸惑えば、そんな考えすら邪魔だと言いたげにもっと身体を密着させられる。

今すぐ挿入可能なほど硬くなったものが、答えを迫るようにぐりぐりと腹を抉《えぐ》る。

そうされればされるほど、へその奥にある子宮が甘く切なく疼く。

「璃里、抱きたい。……璃里、繋がりたい。……璃里、離れたくない」

どうすればそんなに切ない声でここまで希《こいねが》えるのかと、情動に揺れる心の中で戸惑いほだされる。

いつだって誠司は悠然としていて、動じず、頼りがいがあり、それだけに、こんな風に誰かに必死になるなんてまるで想像できなかった。

だけど嫌じゃない。

どころかここまで必要とされていることに、震えるほどの感動が心を熱く蕩かしていく。

まるで自分の中に取り込もうとしているみたいに、強くひたむきに抱き寄せる一方で、誠司は甘えた子どものように璃里の首筋に顔をすりつけ続ける。

「あ……で、でも、私。まだ……お風呂に、入ってない」

剝《む》き出しの激情とそれに翻弄される未来が少しだけ怖くて、残った理性をかき集めそう伝えれば、誠司は妙に嬉しそうにくすくすと笑う。

「俺だって、まだだ」

いいながら璃里の尻を鷲摑《わしづか》みにしたまま抱え上げ、流れる仕草で横抱きにしてしまう。

「だから一緒に入ろうか」

言われ、目を剝《む》いてしまう。

セックスだってこの間一度体験したばかりなのに、一緒にお風呂に入るなど——明るい場所で裸を見られ、見てしまうことへの恥ずかしさが全身の血を熱くする。

見事なまでに真っ赤になって、璃里が身悶《みもだ》え、弱々しく首を振って駄目だと訴えるも、誠司はまるで気付いていない。あるいは、気付いていて知らないふりをしているのか。

逃さないと言いたげに璃里を腕にしっかり抱き、誠司は大股でリビングを過る。

バスルームのスライドドアを器用に足で開き、大切なもののようにそっと璃里を洗面台の上に座らせて、誠司は璃里のささやかな抵抗をキスでいなしながら、部屋着にしていたシャツのボタンを次々にはずしていってしまう。

そうして璃里の上着の前を完全にくつろげてしまうと、片手でブラジャーのホックを外しながら、もう片方の手で自分のネクタイを荒っぽく解く。

こういう時、外科医の夫はずるいと思う。手先が器用で段取りがよくて、しかも閉じようとする璃里の太股に素早く膝を噛《か》ませ、手術室のドアのフットスイッチを操作するみたいに簡単に脚を左右に割っているのだから。

空調の乾いた風が肌を撫でる感触に身をびくつかせつつ、璃里はなんとか声を上げる。

「せ、誠司さん、誠司さんっ！」

中途半端に肩から滑り肘に引っかかっているブラジャーもそのままに、手を突っ張って誠司の身体を押す。

「いきなり一緒にお風呂はハードルが高すぎます！」

初めての時は暗い寝室でお互いの身体のラインもさほどよく見えなかったが、バスルームとなると話は別だ。

「はっ……恥ずかしいです。その、裸を見られるというのは」

璃里がしどろもどろに心境を説明している間にも、誠司は気にせずワイシャツを脱ぎ捨て、見事な胸筋を晒している。

目のやり場にこまりつつ視線を落とせば、平均より控えめな小さな胸が目に入り余計にいたたまれたくなる。

「その、自慢できるようなスタイルでもありませんし、胸だって……」

肩を狭めつつコンプレックスを吐露すれば、誠司は器用に片眉を上げてそんなことかという表情をする。

「そうか？　俺は璃里の小柄なところが可愛いと思っているし、細い腰から尻のラインも綺麗だし、胸なんて標本にしたいぐらいいい形をしている。その上敏感だ」

「ぴっ……ッ、あっ！」

本人を前にして、よくもそう堂々と賞賛できるなと呆れればいいのか、標本は勘弁してほしいと懇願すればいいのかわからず戸惑っているうちに、誠司の手が伸びてきて、ぴんと胸の中心を弾かれてしまう。

痺れるような疼痛《とうつう》が走り抜け、すぐじんわりとした愉悦が肌に染みる。

あわてて乳房を腕で隠し守ろうとするが、それより早く腕にひっかかっていたブラジャーを抜き取られてしまう。

「やっ、やあ」

幼女のような甘えた声が飛び出して、誠司だけではなく璃里まで驚き目を丸くする。

「いっ、いまのは……その、……ええと」

まったく大人っぽくない反応だ。これでは色気もなにもない。

――と、そう思っていたのは璃里だけで、誠司はといえば耳を赤くしながら顔を背け、なにかぶつぶつと呟いていた。

「ともかく、順番に。順番にでいいです。私は後で誠司さんが先」

「やだ」

今度は誠司が子どもみたいな言い振りをしてきたので、璃里はぽかんとしてしまう。

（本当に、一体どうしちゃったの）

誠司は大人で、大病院の後継者に相応《ふさわ》しい人柄で、まちがってもこんな子どもっぽい駄々《だだ》をこねるタイプではない。

にも拘《かか》わらず、今はまるで五歳児のような表情と口ぶりで。それが可愛《かわい》いとも思ってしまう。

普段見せることのない男の甘えた仕草に母性本能をくすぐられ、胸がきゅんと甘く疼く。

「そんなに、一緒に風呂に入るのは駄目か。夫婦なのに」

「だ、駄目とか、夫婦とかって……」

拗ねた表情は少年じみているのに、璃里が断れないような理由を挙げてくるあたりあざとい。

一緒にお風呂に入る夫婦がいるとは聞き知っているが、自分はまだ一度抱かれたばかりで、結婚五年目とはいえ実体は超初心者だ。

そういうことは何度か経験した後で、と言おうとして、あんなことを何度も経験してないど口にするのは、自分から〝セックスめちゃくちゃしたいです!〟と言っているようにも取れると気づき、璃里はあわてて口をつぐむ。

「璃里」

「うー……」

「どうしても嫌なら、諦める。だが、今は一秒だって離れたくないほど君が欲しい」

正々堂々と実に真正直に乞われ、璃里は一瞬で全身を朱に染める。

「だめ、じゃ、ない……。私も誠司さんと離れたくない」

戸惑いを織り交ぜながら、自分の正直な気持ちを返せば目に見えて彼の顔が明るくなる。

「でも、電気は点けないでくださいね! 明るいのはまだだめ!」

「まだ、ということは、そのうちならいいんだな」

あっさりと揚げ足をとられ、悔しくて自分の足をもばたつかせていると、誠司は笑いながら璃里の攻撃をかわしただけでなく、片腕で腰を抱いて浮かせ、最後の一枚となっていたショーツを一瞬で抜き取ってしまう。

「ッ……!」

全裸の気恥ずかしさがたまらなく、とにかく見られたくなくて咄嗟《とっさ》に誠司に抱きつけば、彼は音をたてて唾を呑《の》む。

「積極的かつ大胆だな」

「ちが、違うっ……、もう。まじまじ見ないでください！　恥ずかしい！」

半分逆切れ気味に伝えれば、彼はわかったと甘い声で囁いて、あっというまに璃里をお姫様抱っこし、まだ電気のついてないバスルームへと誘う。

帰宅してすぐに湯を張ったのか、パウダールームから漏れる光で浴槽の水面がキラキラと瞬く。

二人が暮らすハイグレードマンションの浴室は広く、浴槽も当然大きい上にジャグジー付きだ。

しかし今は港町の明かりを写す夜の海みたいに揺れていて、控えめに立ちこめる湯気が霧にも思える。

ここがどこなのかさえ一瞬で忘れそうな非日常的な光景にぼうっとしていると、誠司は大事そうに璃里を浴槽の縁へ下ろし座らせ、自分の穿《は》いていたズボンを脚の動きだけで抜いてパウダールームのほうへ蹴り投げる。

突然、激しい雨のような水音がして振り返れば、誠司はシャワーを手にこちらを向く。

「ほら、璃里」

言われ、背中を向けると温かい湯が張っていた筋肉も精神も解していく。

肌を流れる湯の心地よさに溜息《ためいき》を吐けば、不意にぬるついた感触がして身が跳ねる。

「ひゃっ」

「……怖がるな。ただのボディーソープだぞ」

璃里の反応のいちいちが面白いのか、誠司はそう言いながら手に石鹼《せっけん》の泡を馴染《なじ》ませたまま璃里の肩をそっと摑む。

自分で洗えます。と言おうとするも、それより早く官能の沼に引き入れられるほうが早かった。

脇をくぐった手が速やかに乳房を包む。

男の手の熱さに息を詰めたのも束の間、次の瞬間には掌で掬《すく》うようにして持ち上げられて、指が柔らかな肉に絡む。

「ふ、ぁ……」

気の抜けた声が鼻から抜けて、快感の細波《さざなみ》が全身を駆け抜ける。

誠司の振れ方もだが、石鹼でぬるぬると滑り乳房が揺れ逃げるのが、ひどくもどかしい。

その上、白い泡の間から胸の花蕾がうっすらと見え隠れするのも淫靡に見えて、気分をますます淫らにさせる。

焦《じ》れったい。もっとしっかりと捕らえてほしいと、自分の中の女が喘ぐのに合わせるように腰が揺れ、感じるごとに壁に突いていた手が滑り下り、尻を後ろに突き出すような形になっていく。

するとそうなることを予想していたのか、あるいは璃里がそうであるように誠司も自己の本能のままに動きだしているのか、ふと硬い太股が尻に触れ、すぐさますくい上げるように腰を使われる。

ずるん――と、音が聞こえそうなほど大胆に尻の双丘の合間を熱く太いものが滑り抜ける。

あっ、とうろたえた声を上げれば、もっと強くそれを――誠司の勃起した剛直を押しつけられた。

「は……あ、ぁ……ああ」

溜息か惜しむ声かわからない喘ぎが口からこぼれ、璃里はその甘ったるさに赤面したくなる。

けれど身体はとっくに誠司を求めていて、もう嫌だとか待ってとかいう単語すら浮かばない。

泡を纏《まと》い滑る感覚は生々しくて、どうしてもその先にある行為を璃里に意識させた。

だがそれでは足りなくなってきたのか、焦れたように誠司が乳房に指を沈み込ませ、強い力で璃里の上体を固定すると同時に自分の胸板を背に押しつける。

張り詰めた胸筋がしなやかな女の背に密着する。

だがすぐに降り注ぐシャワーと肌の間にわずかに残った石鹸の泡で滑り、合わさる部分がわずかにずれる。

腰といわず乳房といわず、背後から全身を重ねられ身じろがれると、肌のあちこちがぬるついて、卑猥《ひわい》さと倒錯的な気分が高まる。

快感にほころびた口からは絶えず艶《つや》めいた吐息が漏れ、背後から耳をくすぐる荒れた呼吸音——野生を剝き出しにした男の吐息と重なり、濃密な空気を創りだす。

浴室に響く水音を塗って、璃里の喘ぐ、あっ、あっという声が反響する中、にちゃ、ぬちゃと粘着質な音が密《ひそ》かに響く。

どうしようもなく恥ずかしいのに、耐えがたいほど心地よい。

これ以上は駄目だという気持ちと、これ以上のものが欲しいという相反する衝動に心が揺れ、もうもうと上がる湯気の熱と愉悦で頭の芯がぼうっとする。

石鹸の泡で摩擦がない指は一時も同じところに留《とど》まってくれず、外科医として器用さを誇る指先でも簡単に乳嘴を捕らえきれない。

もどかしさに焦れたのは璃里だけではないのか、誠司は、らしくない荒々しさでくそっと吐き捨て、小ぶりな璃里の乳房が歪《ゆが》むほど力強く握り混むと、人差し指と中指の間に尖端《せんたん》を挟み込み、手のすべてを使って胸にある官能を揺さぶりだす。

同時に臀部《でんぶ》を擦る肉棒の動きも速くなって、腰と腰が打ち鳴らされる音も高くなり、すでに男の味を知る蜜壷が、そこじゃないのにときゅうと疼いて訴える。

いつしかほころびた花弁の間からは蜜が滴り、とっくに流れ落ちた泡と変わって璃里の股をぬめらせる。

淫らな反応がたまらず太股をすり合わせ隠そうとすれば、連動して尻の肉まで狭まったのか誠司が喉で呻《うめ》き、璃里の仕草を咎《とが》めるように首筋に食らいつく。

男の歯が柔肌に沈んだ瞬間わずかな痛みを感じたが、それはすぐさま甘く気怠い疼きとなって首筋から耳の付け根までを痺れさせた。

腹の奥がずくずくと脈動し、乳房が変に重く感じる。

肌は熱く燃えたって、指は壁に向かって爪を立て、気を流さんとする媚悦に耐えてふるふると震えわななないた。

「あ、ああ、あ、ふうっ、う、あ……せい、じ、さ……あぁ」

身体を繋げたのはただ一度なのに、女の愉悦を知ってしまったからか、男への思慕が募っていたからか、わずかな刺激でたちまちに潤い秘裂から愛蜜となって情が滴る。

だが満たされない。まだ深い泉があるのだと飢えるなにかが訴える。

それが淫欲だと理解することもできないまま、璃里はただ震え腰を揺らす。

と、偶然か必然か誠司の腰の位置がずれ、尻肉の狭間《はざま》にあった肉槍があわいを滑って秘唇に絡む。

薄い肉の花弁を巻き込むようにして灼熱《しゃくねつ》が走り抜けた瞬間、璃里は刺激の強さに背をのけぞらせ嬌声《きょうせい》を放つ。

「あああっ！」

浴室中に声が反響し、自らの喘ぎが尾を引きながら鼓膜を震わす。

同時に誠司が喉をしぼって呻くのが聞こえ、低く艶めいたその声に肌がぞくぞくと粟立《あわだ》つほどの興奮を覚える。

通り抜けた剛直は擦り上げた時と同じ勢いで退こうとするが、密着しすぎていたがため太く張り出した肉傘の部分が璃里の敏感な陰核を捕らえ強く押し潰す。

「ンアッ……！」

子宮が一際強く収縮し、狭まった蜜筒から愛液が押し出される。

石鹸などよりもっと粘着質なぬめりと、花より妖艶な女の匂いが二人の欲望をさらに昂《たか》ぶらせていく。

淫芯が亀頭に引っかかる感触は璃里だけでなく誠司にとっても快感なのだろう。

もう一度、もう一度と乞うように同じ動きを繰り返され、しかも速さが増してくる。

背後から抱きしめられて逃げ場がないのに、変に身体が滑り揺れるのがひどく倒錯的な気分にさせられて、璃里は身悶えながらただただ男の動きに従って声を上げて啼《な》く。

「ひぃ……ぁ、ああ……ぁ……あああっ、アンっ、あ」

こりゅこりゅと硬くなった互いのものが擦れるうち、誠司がはっ、と鋭く息を吐いて酷く苦しげに声を出す。

「駄目だ……、止まらない。駄目だ……これ以上は」

我慢できないのか、やめなければならないのか。その両方を予測させる部分で言葉が途切れさせられ、璃里はそこで初めてこのバスルームに避妊具などないことに気付く。

けれどそれになんの意味があるのだろう。まして子どもを作ることを望まれ一緒になった夫婦なのに。

なにより璃里の理性より本能が強く誠司を求めていた。

「止めない、でっ……」

身をのけぞらせ掠れた声で叫ぶと、誠司は胸に絡ませていた腕で脇から腰をなぞり、そのまま膝裏に掌を通すとぐいと開き持ち上げる。

「ッ、やぁっ」

片足でつま立ち、かぱりと脚を広げられた恥ずかしさから咄嗟に叫ぶ。

男のものを挟んでいた股は綺麗に割られ、屹立《きつりつ》で押しひしがれていた花弁がくぱりと開く。

湿り温もった蒸気を感じたのは一瞬で、すぐに自身の蜜筒から出た淫液がよりしとどに秘処を濡らし、太股を伝い膝まで垂れる。

あられもない状態に羞恥は極限にきたし、いやいやと小さく頭を振るが、それがある種の雄の嗜虐心《しぎゃく》を奮い立たすことなど考え及ばない。

まるでバレリーナがするように片足でぐるりと身体の向きを反転され、今まで璃里が乳房を押しつけていた大理石の壁に誠司が背をつく。

軽い振動に息を呑めば、もうもうとした湯気にも曇らないよう裏に温熱を仕込んだ浴室鏡が璃里の前にある。

はっ、と鋭く息を呑んだのと、先走る欲望に濡れた男根が桃色をした秘裂に触れるのは同時だった。

ずぶずぶと卑猥な動きで雄根が秘裂に咥《くわ》えられていく。

劣情を剝き出しにした雄と雌が番う瞬間が鏡越しに見える。

卑猥で背徳的でさえあるのに、どこか力強い生命を感じさせる光景に璃里は息をつめ目を剝いたまま見入り目を離せない。

同時に強い圧迫感が膣《ちつ》をせり上がり、今まで求め満たされなかったものがようやく満たされた歓喜に肉襞がうねる。

初めての時のような痛みはまるでなく、代わりに恍惚《こうこつ》とするほどの快感が身を襲う。

喜悦の吐息を漏らしながら喉を反らせば、そこに誠司がむしゃぶりついてきつく吸い上

げ、白い湯気より白い肌に淫らで美しい緋色《ひいろ》の花が咲く。

誠司は吸い痕がついたことにひどく満足げな笑みを浮かべると、もう一度、もう一度と、位置をずらしながら吸い付いては甘噛みし、舐めと繰り返す一方で、望外に長く太い己のものをずぶずぶと容赦なく璃里の蜜窟へと沈めていく。

最後に璃里の膝裏を自分の腕で支えた掌で腰をきつく摑むと、ぐんと下から腰を打つ。

子宮口をくじられた璃里が甲高く叫び達すると、誠司は腕の中の細身をかき抱き、喜悦まみれの声で呟く。

「はいっ……た。全部、根元まで……」

すごい、すごいぞと子どものように感動しはしゃぎながら、重なる腰の動きは変わらず卑猥で、突いたかと思えばこね回し、肉棒を抜けそうなほど退いて思わせぶりに動きをとめては、返す鋭さで根元まで呑ます。

ぐっちょぐっちょとあられもない接合音が響く中、璃里はただただ揺さぶられ、朦朧《もうろう》としながら絶頂の波に呑まれ震え続ける。

穿《うが》つリズムに従って別々だった鼓動が重なり、やがてとどろき、心臓が破裂しそうなほど急《せ》いて息が苦しい。

それでも喘がずにいられなくて、声を放てばズンと力強く押し込まれ、璃里はあられもなく淫らに達した。

「ああ――――っ、あ、あ、あああっ、あ！！」

ここがバスルームだということも、隣に聞こえるかもという怖《おそ》れもなにもない。ただもう淫靡な獣になって嬌声を放てば、たまらないという勢いで背後から強く抱きしめられて、誠司が壊れたオルゴールのように璃里の名を繰り返す。

「璃里、璃里ッ……っ」

切なく、愛《いと》おしさに満ちた声音はどんな愛撫より強い甘美さで身体に響き、璃里は達したまま降りることもできず、さらなる高みへ押し上げられていく。

股間は漏らしたように愛液まみれで、なのにまだ足りないとばかりに下りてきた子宮口を強くくじられて、頭の中で白い光が間断なく生まれ弾けていく。

おかしくなったように誠司の名を呼び、空に差し伸べていた手を身に巻き付く誠司の腕に絡め自分からも抱くようにすると、今までにない強さで貫かれ、よろめいたまま璃里は目の前にあった鏡に腕を突く。

蕩けた女の顔の横に、野獣のように鋭く強い男の顔が並び、交合の図が湯気をかき分け浮かぶ。

ふと視線を下げれば、薄い茂みの間を浅黒く太い肉棒が行き来しており、時折巻き付いた淫唇がめくれ緋色が混じるのがこの上なくいやらしく、美しい。

乱れ咲いた己の有様が浅ましくもあり、神々しくもあり、これもセックスの一つの形なのだと頭ではなく身体で理解する。

いつしか脚は下ろされ、代わりに指が沈むほど尻肉をがつりと摑まれ、獣の姿でガンガンと誠司は腰を打つ。

開き充溢《じゅういつ》した蜜弁が血管の浮く屹立に絡み擦れるのもいい、反り返った太い部分が中にあるいいところを擦り上げるのも、奥処を捏《こ》ね突かれるのもいい。

なにもかもが悦すぎて璃里は訳がわからないまま、気持ちいいと繰り返し伝えた。

すると誠司は尚更猛《たけ》り、最後へ向かって追い込みをかける。

ひくつく柔肉の中で凶暴なまでに硬く兆したものが蠢《うごめ》き行き来する。

時折動きを止めて、ぐりぐりと奥処をいじめられるのに被虐的な快感を覚え、捏ね回す動きで肉襞を撫でられ、あらゆる手管で感じさせられ、感じられ、もうどうにもできないほど強い衝動が膨れ上がった瞬間、くっと低く呻いて誠司が陰毛同士が絡むほど強引に男女の性を密着させた。

ぐにっと子を宿す場所の入口が拡げられたのと同時に、ぶるりと中に含む肉棒が震え、そして降り注ぐシャワーより激しい熱流が璃里の中で噴出される。

びゅー、びゅーっと生々しい音が聞こえるほど大量の白濁が吐き出され、含みきれなかったものが逆流して膣口から垂れていく。

それも惜しいと言わんばかりにさらに腰を強く引かれ、璃里の気が遠くなる。

一瞬の暗闇の後、ぐったりと力を失い崩れかければすぐさま抱き留められて。

璃里、と優しく囁く声が耳たぶに触れ、それが愛していると言われているようで、璃里は今までで一番幸せな笑顔で誠司に応えてみせた。

第五章　元恋人な女医の影

金曜日夜にバスルームで交わってから、土曜日曜と二人はじつに怠惰で新婚らしい過ごし方をした。

シャワーを浴び直した後、ふらふらで立ち上がるのもやっとな璃里を誠司は実に甲斐甲《かいが》斐《い》しく拭き上げ、下着を着せ、パジャマも当然着せてくれるかと思いきや、そのまままたお姫様抱っこでベッドに運ばれ二回戦。

夜明け頃にうとうとと目を覚まし、喉が渇いたなとヘッドボードに置いてあるミネラルウォーターに手を伸ばせば、璃里の身動きで目を覚ました誠司がそれを取り上げ、口移しで飲ませてくれたのはいいが、悪戯に舌が絡んだのがいけなかったのか、そこから日が昇るまで三回戦。

さすがに疲れて眠り落ち、目を覚ませば昼に近くなっていて、ベッドルームに射《さ》し込《こ》む秋の澄んだ日差しと対極的な自分の姿――それはもう、どんな服を着て仕事にいけばいいかわからないほどあちこちに――キスマークが散る裸身を目の当たりにし、バスルームから続く痴態を思い出し、恥ずかしさのあまり拗《す》ねて誠司に背中を向けて布団をかぶっていれば、突如彼はおろおろとしだし、しばらくして出かけてしまった。

ちょっとやり過ぎたかなと、誠司のバスローブだけを羽織ってリビングのソファでぐったりしていれば、両手に抱えきれないほどのケーキの箱を、それも璃里が大好きな店の好物ばかりを買ってきてテーブルに並べられて、あんぐりと口を開いて呆れていれば、誠司は強面《こわもて》を叱られた大型犬（いつかテレビで見たシベリアン・ハスキーとかいう犬種だ）のようにしょんぼりさせるので、璃里はたまらず吹き出して、誕生日の幼女みたいな動きで彼の首っ玉に抱きついて、触れるだけのキスの雨を浴びせ、ありがとうとごめんなさいを繰り返す。

それから二人はスイーツだけのブランチという、実に罪深い食事をしたが、フォークで生地を切り分けたり、フルーツを取る度に互いに食べさせ合っては照れ、照れてはまた食べさせるという、端から見ればそれはもう、勝手にしろと言われそうな行儀の悪い、だけど甘く幸せな時間を過ごした。

それから口の端についたクリームを違いに舐め合ううちに、あっというまに空気は艶《つや》めき、リビングでそのまま淫らな行為に更け過ごす。

夜は夜で、コンシェルジュに頼んでマンションが提携している外資系高級ホテルのフレンチをデリバリーしてもらう。

少し疲れ気味なのを察してくれていたのか、コースでなくてアラカルトの単品注文で野菜がメインにされていたが、栗《くり》のポタージュは優しい味で胃が癒やされたし、秋野菜のコンフィは滋味と季節感たっぷりで、少しなのに満足した。

その夜もまた抱き合ったが、激しいものではなく、まるで子どもが野を駆けて遊ぶみたいな触れ合い方で、妙にくすぐったくて幸せだった。

日曜日は朝から二人でリビングで思い思いに過ごした。

午前中は二人で仕事の勉強をして、わからないところは丁寧に誠司が教えてくれて、おかげで映像制作もずいぶんはかどった。

午後は昼寝をしつつ映画を二人で楽しんで、本当に五年目にしてはじめて新婚らしい休日を、多幸感に満たされて終えた。

そして迎えた月曜日。

璃里の出した映像は思いのほか好評で、課長だけでなく同僚からも褒められ上機嫌のスタートを切る。

その雲行きが怪しくなってきたのは午後三時。

仕事に集中するあまり、昼休みを取るのを忘れていたことに気付き、せめて十分だけでもと職員専用食堂のある六階に上がってからだ。

ランチタイムは医療従事者や事務員であふれ返る食堂も、午後三時を回れば閑散としていて、今日がオペ日だった科の若い看護師らが端っこのほうでひと息入れているほかに利用者はおらず、調理員も片付けが終わったのか姿を消していて、静かで、いつもより広々として見えた。

璃里が食券機と観葉植物で仕切られたドリンクコーナーへ脚を運び、今日の晩ごはんはなんにしようかなどと考えココアでひと息入れていると、端で休憩していた女性看護師らが小さく歓声を上げるのが聞こえた。

気になって観葉植物の葉陰から顔を覗《のぞ》かすと、長身の男性医師が反対側の入口から二人連れだって歩いて来ていた。

――誠司と豊坂だ。

月曜日の今日、心臓血管外科は午後休診なため、おそらく、午前の外来を終え、病棟に顔を出して先週オペをした患者を診察し――その流れでひと息入れに来たのだろう。

誠司さん、と声を掛けようとしてここが病院だということを思い出し、先生と改めかけた時だ。

二人はドリンクコーナーからほど近い窓際の席に腰を寄りかからせ、疲れ切った溜息を同時に漏らす。

そっとしておいた方がいいのかな、でも挨拶《きやす》しないで見つかるのも気まずいしなあと迷っていると、二人は学生時代から親友である気易《きやす》さのまま前置きもなく会話を始める。

「で、話ってなんだよ」

濃いブルーのスクラブの上から羽織った白衣に両手を突っ込み、豊坂が面倒くさそうに誠司へ促す。

すると誠司は豊坂とは対照的にネクタイまできっちり締めた隙のないスーツの上から着た白衣の胸ポケットあたりをいじり、わずかなためらいを見せて切り出した。

「貴理《きり》が帰って来る」

「貴理って、あの貴理子か？　俺たちの同期の？」

盗み聞きは不味いと思いつつ、なんだか話に割って入れなさそうな空気に脚を止めていた璃里は、貴理子という女性名を耳にしてしまい動きを止める。

「ああ。その貴理子だ」

どくん、と心臓が嫌な音をたてた。

誠司は女性に対してはそっけなさと冷淡さのギリギリな対応をしており、名前で呼ぶのは妹の美智香か妻である璃里ぐらいだった。

なのに、貴理子とはっきり女性とわかる名を呼び捨てにしたことに驚く。

「あいつ、留学してなかったか。オーストラリアに」

「先月、大学病院に戻ってきたらしい。で、例に漏れず外勤を振られたらしくな。丁度、うちの病院の病理医が産休に入るからっていうので、今月から来るらしい」

「マジか。あいつ、あっちの上司と国際結婚しただろう。旦那はどうした」

「………まだオーストラリアらしい。別れたとかどうとか」

ためらいの理由である別れたという言葉に璃里は息を詰める。

聞いてはいけない。聞くのはよくないとわかっていても足が動かない。

誠司が名を呼ぶ女性というだけでも気になるのに、相手が独身に戻ったということにも不安が煽《あお》られる。

「五年か。まあ、保《も》ったほうだと思うけど」

そこで言葉を句切らせ、豊坂も誠司も黙り込む。

――嫌な、沈黙だった。

まるで捨てた過去が舞い戻ってきたみたいな、そんな気まずい空気で。

(貴理子……貴理)

釣られ璃里の意識も過去に引っ張られる。

誠司が口にした女性の名前に聞き覚えがあるのも悪かった。

璃里の脳裏に広がる情景は病院の職員食堂から、遠い学生時代の、まだ両親が健在だった頃の夏休みに移り変わっていく。

(あの人だ)

黒く艶《つや》やかな髪は同じ長さのボブで、前髪だけをワンカールで耳に流し、学生にしては派手な紅のルージュを引いていた、いかにも大人の女性という雰囲気をしていた女性だ。

彼女を見た日は雲一つない晴天で、日差しが白く見えるほど強烈な日だった。

人より肌が弱く日焼けでひりつく璃里は、夏休みを利用し遊びに来ていた六条家の縁側から脚をぶらぶらさせながら、なんとなく庭を眺めていた。

美智香は友達と連れだってホテルのプールへ出かけてしまい、平日で両親と六条のお祖父《じい》様は仕事。

だから六条の家にはお手伝いさんを除けば璃里と誠司だけが残っていたが、誠司はその時医学部の五年で、課題か一年後の医師国家試験のためか、勉強と称してあまり部屋から出てこなかった。

それでも、少しだけでも顔を見られればと家から出かけ東京を楽しむでもなく、淡い期待と半分以上諦めを持って、客間の縁側から庭を眺めては本を読み、時間を潰す日々が多かった。

その日も同じように過ごしていたが、日差しも緩む夕方頃になって変化があった。

正門の方に車が止まる音がして、最初は両親が自分を迎えに来たのかと思った。

が、時計を見ればまだ十八時を少し回ったぐらいで、内科医として熱中症の対応に追われる両親が帰宅するには早すぎた。

だとしたら誰だろう。大人は誰もいないのに客など来るはずがないと不思議に思い、客間を出て正門の見える応接室のほうへこっそり移動する。

と、真夏に相応しい深紅のスポーツカーが車寄せに停まり、そこから一人の女性が降りてきた。

白いノースリーブシャツに黒いスマートパンツ、肩からはオレンジ色をした、シンプルだけど、一目でブランドものとわかるショルダーバッグをかけた女性で、すらりとした長身と、前髪だけをカールさせ耳にかけるすっきりとした髪型が印象的だった。

今なら大学生が大人を気取っているとわかるが、当時の璃里にはとてつもなく年上で、成熟した女に見えた。

医師にしては派手で、かといってセールスやお手伝いとは違う雰囲気に目を丸くしていると、彼女はスマートフォンを取りだし、辺りをはばからない声で「誠司！」と誠司の名を呼び捨てにし、来たわよ。遅い。など繰り返す。

彼女の慣れて親しげな様子に胸がずきりと痛んだ。

大学生なのだ。当然、女友達の一人や二人はいるだろう。だが、片恋とはいえ自分が思いを寄せる人を気易く呼び捨てし、からからと笑う女性が誰なのか。璃里はまだ薄い自分の胸に手を当てつつ息を詰める。

ほどなくして誠司の部屋がある二階から、急ぎ気味に階段を下りてくる足音が聞こえてきて。

あれは絶対お手伝いさんなんかじゃないと、大きく間の空いた足音でわかってしまい、璃里は地味にショックを受ける。

璃里が呼んでもあんな風に急いで下りてくることなんてなかったのに、どうしてと思っているうちはまだよかった。

両開きの玄関のドアがけたたましく音をたてて開かれ、デニムにパーカーを羽織っただけというラフな格好の誠司が飛び出すと同時に声を上げる。

「貴理子」

それだけだ。が、大学生とはいえ成人を超えた男と女が名を呼び捨てにする関係をなんというか、まだ中学生だった璃里だってわかる。

彼女、いたのか。いや、あの外見と頭のよさ。加えて性格も誠実で真面目なら女の子は放っておくまいとはわかっていたが。

それでも、相手の顔を見て、名を聞かされれば、それはもう妄想ではなく現実で、瞬《まばた》きすらできない璃里の前で二人はなにごとか言い合っていた。

喧嘩《けんか》したのかな。だったら別れるのかな。などと仮に別れたとしても璃里は絶対振り向いてもらえないとわかっているのに、意地悪なことを考えて、そんなことを考える自分が嫌でモヤモヤしていた時だ。

ふと貴理子がこちらを見て目を細め——そして笑った。

気付かれた。とあわててしゃがんで隠れた璃里の耳に聞こえたのは、〝妹さん、出かけたんじゃなかったの？〟と、誠司をからかい笑う彼女の明るい声。

片思いでしかないとはいえ、完全に恋愛対象外の人物と思われたことが胸を刺し——それから璃里は大人の女性になりたいというコンプレックスを抱き、今でも多分、誠司と自分がちゃんと夫婦に見えるのか、妻に相応しいのかを悩んでいる。

そんなことを思い出していたからだろう。

豊坂が璃里の名前を挙げた時は、飛び上がりかけるほどびっくりした。

「で。璃里ちゃんとのことはどうする」

意識が過去から引き戻され、璃里はここが病院の食堂であることを急に思い出す。

（いけない。立ち聞きしてしまうなんて）

そうは思うものの、立ち去るタイミングがまるでない。

ここから出口へ向かえば、こちらに背を向けている誠司には気付かれないかもしれないが、彼に向かい合うように立っている豊坂からはこちらが出て行くのが丸見えになってしまう。

（今から出ていって、休憩中ですかって割って入るのも変だし。入れるような話じゃなさそうだし……）

どうすればいいか悩んでいる間にも、二人は璃里に気付かぬまま会話を続ける。

「璃里のこと？」

「貴理子のことはひとまず置いといて、お前と璃里ちゃんの関係はどうなんだよ。……さっきも軽くせっつかれていただろう」

また出てきた誠司の元カノ――だろう、多分――の名に息を詰めていると、思わぬ人物の名が出てきてぎくりとする。

「ああ、じいさんか」

めんどくさそうに誠司が言い、布が擦れる音が聞こえる。

不機嫌な時にする髪を掻《か》き回すしぐさをしたため、白衣が揺れたのだろう。

「ひ孫を望んでいるのだろうが。……俺は、璃里との子が生まれたとして、必ずしもその子に病院を継がせるとは決めてない」

誠司がなんの気もなしに放った衝撃的な一言に、璃里の頭は真っ白になっていた――。

遠坂《とおさか》貴理子との邂逅《かいこう》まで、そう時間はかからなかった。

誠司に貴理子という女性のことを聞くべきか。それとも嫉妬など呑み込んでしばらく様子を見るべきか悩んでいるうちに二日経った。

もっとも、話を振ろうにも家に帰って来るなり緊急手術の呼び出しがかかったり、その患者の術後がよくないとのことで泊まり込みになったりで、誠司とろくに顔を合わせることもできてなかったのだが。

そうして迎えた水曜日。

悩みがあるときは手を動かすに限ると、いつも以上に黙々と仕事をしたおかげか、普段はやらないようなファイルの整理までやったせいで、終業三十分前にはやることがなくなってしまった。

もう少し時間を見て仕事を進めるべきだったと後悔するも、手持ち無沙汰なことは変わらない。

しょうがなく過去の資料を見て勉強していたところ、部の会議の準備で朝からバタバタしていた課長と目が合ってしまった。

「六条さん、手が空いているなら、これを病理部の遠坂先生のところに持っていってくれない？」

そういいつつファイルされた四、五枚ほどの紙を差し出される。

――新任のドクター向けのインタビュー用紙だ。

璃里と誠司が務める六条伏見病院は、地域に親しまれるため、そして患者の不安を取り除き診療の目安になるために、ネット上のホームページに勤務するドクターの写真と履歴、簡単なインタビューを科ごとに掲載している。

そのホームページの更新担当者が他ならぬ璃里のいる医療広報課なのだ。快く引き受け、課のある事務棟を出て診療棟へ向かう通路を歩く。

途中、抜けがないか確認しようとファイルを捲《めく》っていた璃里は、履歴の紙に書かれた遠坂貴理子という名前を見て足を止めてしまう。

貴理子。同じ名前だ。

それだけならギリギリ偶然だと見ぬ振りもできたが、一緒に添えられていた写真の面影や、なにより誠司や豊坂と同じ大学の同期であることから、嫌でも〝貴理子〟本人だと知れた。

（すっごく綺麗になってる……）

写真を見て、素直にそう思う。

以前、大学生の貴理子を見た時はまだどこか無理しているような大人っぽさがあったが、ドクターとしての経験から自信がついたのか、成熟した落ち着きと色気があった。

髪型はすっきりとショートカットにしていたが、写真からでもわかる肌の綺麗さや目の力強さが印象的で、女性の璃里でさえ息を呑むほどの美女だ。

翻って璃里はあの時と変わらず平均的で、よく控えめで清楚《せいそ》と言われるが、璃里からすれば地味の言い換えにしか聞こえない。

性格だって大して変わったと言えず、化粧をしても鏡を覗けばどこか幼さの残っているように思え、溜息を漏らす日々。

（美男美女で、お似合いだな）

大学生だった二人を見た時と同じ感想を抱く。

貴理子と璃里。二人が誠司の横に並んだとして、どちらが妻に見えるかと聞かれれば、十人が十人、貴理子だと答えるだろうし、璃里は貴理子に言われたように〝妹さん〟にしか見えないだろう。

そう思うとずんと気持ちが重くなる。

（しかもドクターで、海外留学をした上に博士号もある才媛だなんて）

医学部受験を志すも、ほとんどが判定の段階で無理と言われた璃里とは大違いである。

もちろん、勉強が駄目だったわけではない。

高校だって大学だって中の上あたりはキープしていた。だが、医学部にいけるのは上の上、あるいは特上の成績でなければならないのだ。

なりたかった自分がそこにあった。

貴理子は璃里の望むすべてを兼ね備えていた。

そうなるともう、妬むどころかただただ羨望しては溜息を吐くしかできない。

このままどこかへ逃げたいが、仕事である以上無責任なことはできない。

覚悟を決めて一歩前に出ると、璃里はそのままなにも考えないようにして、手術部のある四階へと急ぐ。

早く終わらせて帰ろう。

相手は病院の中でも多忙な職と知れるドクターだ。必ずしも席にいるとは限らない。不在な可能性だってある。

本人に会わずにいたいという璃里の細やかな願いは、けれど病理部の医局に脚を踏み入れた途端、打ち砕かれた。

誰が遠坂貴理子なのか、尋ねずともわかるほど彼女は目立っていた。

新任だからか、あるいはいつもそうなのか、ぱりっとした真新しい白衣。

その下は秋らしいダークブラウンのシルクシャツに黒のパンツスーツという、いかにも仕事ができる女性のコーディネート。

診療部門ではないためか、耳を飾るゴールドの大ぶりのアクセサリーが、きりっとした顔に華を添えていて、写真よりもよっぽど美人で、どうかしたらここでドラマの撮影が行われていて、彼女が主演女優だと言われればそう信じそうなほど、一人、異彩を放っていた。

病院なのにと眉をひそめられるだろうギリギリの線を狙ったファッションは、彼女の自信の表れなのか、それともそんな自信を持つ者たちが集う海外で仕事をしていたからなのか。

どちらとも取れる雰囲気を放ちながら、貴理子はデスクでパソコンになにかを打ち込んでいた。

あの、と声をかけようとした瞬間、立ち上がろうとしていた彼女と目が合う。

「あら」

遠坂先生ですか、と璃里が口を開きかけたのを遮って、貴理子が片眉を上げた。

「六条さん？」

「はい」

どうしてわかるのだろう。直接会うのは初めてなのに。

不思議がるも、すぐ、過去に視線が合って、妹と間違われたことを思い出す。

「私に用かしら？」

「あ、えっと、新任ドクターへのインタビュー用紙のお届けと、その説明に」

いつも通りの台詞《せりふ》を口にしているはずなのに、どこかぎこちない。

璃里が全部を伝えきれないうちに、貴理子は艶やかな笑みを浮かべ微笑《ほほえ》んだ。

「丁度よかったわ。珈琲《コーヒー》が飲みたかったの。レストコーナーまで案内してもらえるかしら」

他の場所ならともかく、職場でそう言われては断れない。

思わず一瞬息を詰め、だがすぐに我を取り戻して璃里はうなずく。

隣の手術部こそまだ人の出入りがあったが、診断を主とする病理部は検査の受付時間を終えたこともあってか静かで、器具を片付ける人や最後のメールチェックをする人ばかりであった。

そんな中、二人して病理部を出る。

名前を呼んだわりに、貴理子は途中で会話をしようともせず、ただ興味深げな——璃里にとっては居心地の悪い——視線を向けてくるだけだったが、診療棟と病棟をつなぐ渡り廊下の手前にある目的地、つまりレストコーナーについた途端、口を開いた。

「驚いたわ。まったく変わってないのね。今年入ったのならまだ新卒かしら」

挨拶もなく突然会話を始められたことに戸惑っていると、彼女は璃里の心を読んだように後付けしてくる。

「初めまして……でもないわね、一度、目が合ったことはあるものね」

にっこりと意味深に笑われる。

自分を忘れる筈がないという自信は、他の者であれば過剰と思えるが、美貌も知性も備えている貴理子が言うと嫌味《いやみ》がなく自然に思えるのが悔しい。

「そう、かもしれませんね」

すなおにそうだと答えるのがしゃくで、妹と間違われたことに対する意趣返しも込めつつ言えば、貴理子は面白げに目を大きくする。

「あれから誠司と結婚したんですってね。おめでとう……というのも遅いし、今更よね」

どこか挑発的な響きを含ませつつ言われ、璃里は眉を寄せる。

「どういうことでしょうか」

少なくとも、結婚したことを知っている以上、貴理子は璃里を誠司の妹だとは思っていない。

であると同時に、二人が結婚していることを公表してさえいない病院で、どうして知っているのかといぶかしみつつ答えると、貴理子は綺麗にルージュを塗った唇に指先を当てて目を細める。

「別れる直前におめでとうなんて、嫌味でしょう？」

それこそ嫌味だ。しかもかなりタチが悪い。

言葉と内心をまったく逆にしつつ、だが周囲からは仲がよさげに見える表情をとりつくろってくるあたり、かなりの策士だ。

が、ここでうろたえれば相手の思うつぼだとわかるので、璃里は感情をぐっと呑み込んで、できるだけ平静に対応する。

「お話の意味がわかりません」

「あら。本当に？　誠司からなにも聞いてないの」

妻である璃里でさえ呼び捨てにしたことはないというのに、あっさりと、いや、やっぱり昔と同じように彼の名を気易く上げられたことに、胸が痛む。

「なにをでしょうか」

「そんな怖い顔でしらばっくれなくても。……元カノだって知っているんでしょう？　私が離婚して帰国したことも。誠司が同じ行動を取ろうとしていることも」

ぐらりと目眩《めまい》がした。

昔の彼女かもしれないとは考えていたし、彼女が独身だろうことは予想していたが、誠司が同じ行動を――離婚を考えているなどとは初耳だ。

「少なくとも、誠司先生、いえ、誠司さんからそういう風なお話は伺ってません」

ド直球の修羅場に引きずり込まれたのを自覚しつつ、璃里がきっぱり答えると、嫌だわ、と貴理子が喉を震わせて笑う。

「やっぱり、言い出しにくいのね。……彼、家族への情が篤《あつ》いものね。とくに〝妹〟さんには」

真綿に棘《とげ》を包んだような、持って回った攻撃に璃里は経験が少ないながらも耐え、反応しないよう努める。

「そうやって、我慢していれば嵐が過ぎると思っているところが、子どもだと思わないのかしら……？　ねえ、いつまで誠司のお守りが必要なの。大学を卒業して就職したなら、そろそろ大人にならなきゃと思わない？」

これ以上ないほど的確に璃里のコンプレックスを刺激しつつ、貴理子は動けない璃里の腕からファイルを抜き取る。

「五年経っても妻の役割を果たせてないなら、あと五年経っても同じじゃないかしら。……だったら、無駄な時間を費やす前に誠司を解放してあげて」

そこだけ声を鋭くしながら、貴理子はレストコーナーへ来たというのに、缶コーヒーも買わず背を向ける。

翻る白衣のまぶしいほどの白が、まるで首元に突きつけられたナイフの白刃にも見えて、璃里はいつまでもそこに立ちつくしていた。

（めちゃくちゃ疲れた……）

帰宅した璃里は、玄関で靴を脱ぐより早く膝をつく。

持つというより手からぶら下げていたコンビニの袋が床に落ち、中に入っている蕎麦《そば》のパッケージが傾く。

のろのろとした動きでそれを拾うと、璃里は長い溜息をついてから靴をスリッパに履き替えて、リビングではなく自室へと足を向ける。

フンルームマンションと同じ八畳ほどの部屋には、小さい本棚とシングルベッドにローテーブルと、一人暮らしの女性と変わらぬ家具があり、どれも璃里が好きなオレンジやライムグリーンといったビタミンカラーで揃えられていた。

普段なら一番落ち着けて、疲れも癒やされる配色だというのに、今は妙に無機質に見える。

コンビニの袋をローテーブルに載せ、中から晩ごはんの蕎麦を取り出してはみたものの、そこで手を止めてしまう。

まるで食欲がない。

遠坂貴理子と出会い、これ以上ないほど挑発的な挨拶を受けた璃里は、彼女の姿が消えてから自分の脚が震えていることに気が付いた。

その直後、スマートフォンが振動し、誠司の名を見て縋《すが》るように画面を操作すれば、大動脈解離——それも、処置を一刻も争うA型——の救急患者があり、今からオペに入るとSNSにメッセージが入り、今晩は帰れないかもしれないと記載してあった。

というより、この手のメッセージが入って、家に帰って来た試しはない。

貴理子といるところを見られたのだろうか。あるいは彼女と過ごすのかもと疑い、そんなことを考えてしまう自分にも気が滅入る。

なんとか気を取り戻して部署まで辿り着けば定時を過ぎていたので、気力を振り絞ってデスクを片付け、いつも通りに見えるよう同僚に挨拶して病院を出る。

が、虚勢が続いたのはそこまでだった。

一人きりだとわかっているのに料理をする気にもなれず、帰り際にマンション近くのコンビニに入るも、並ぶお弁当のどれも胃もたれしそうで、結局一番無難な蕎麦のパッケージを取り会計したものの、やっぱり食べる気にはならない。

早く食べないと麺が乾いてパサパサになるし、賞味期限もあるとわかっているのに、どうしても箸に手が伸びない。

貴理子の言ったことは本当だろうか。そして。

――俺は、璃里との子が生まれたとして、必ずしもその子に病院を継がせるとは決めてない。

あの誠司の言葉には、どういう意味があるのだろう。

誠司から結婚の意味を根底から覆すような台詞を聞かされ、おまけに元カノを自称する貴理子からも挑戦状を叩《たた》き付けられた。

正直、ショックが強すぎて感情がついてこない。

それでも仕事だけはきちんとこなそう。こんなことでミスするのは大人じゃないと気合いを張って進めたので普段以上に疲れてしまった。

「離婚したって言ってたけど……そうなるとフリーってことだよね」

独身の元カノが現れて、どれほどの男性が心を揺るがさずにいられるだろう。しかも妻よりすべてにおいて優れている女性ならなおのこと。

誠司のことだ、不倫などはしないだろう。

しないかわりに璃里ときっぱり別れてから、貴理子との関係を進めるに違いない。

貴理子が口にした「誠司も私と同じように行動する」という指摘は恐らく正しい。

が、それはそれで、浮気されるよりも辛いような気がした。

(元夫と五年続いたって豊崎先生が言ってた。ということは、丁度、誠司さんと私が結婚した頃に貴理子さんも結婚している)

だったらあのプロポーズさえ、貴理子と別れた勢いだったのかもとさえ思える。

親同士が決めた許嫁ではあったが、正式に婚約していた訳ではない。いわば口約束だった。

それが璃里の両親が亡くなった事で状況が一変し、しかも丁度、貴理子が別の男性と夫婦となったのであれば——誠司の突然すぎるプロポーズにも納得ができる。

できるの、だが。

(子どもができたとして、後継にしないとか、最近の行動がよくわからない)

ローテーブルにうつ伏せとなったまま、璃里は眉根を寄せる。

璃里と誠司の結婚は六条家と伏見家を一つの家族にし、両家の血を引く者に今後の病院を任せたいとの周囲の希望が込められていた。

それが正しいことかどうかはわからないし、最終的には子どもの意志に任せたいと考えているが、結婚の端緒となったのは確かである。

なのに子どもを後継にしないのは変だし、最近の誠司の行動は、突然始まった溺愛ぶりはもっと変だ。

これが片方だけならわかる。

貴理子と再婚しても周囲が反対しないよう、まず璃里との子どもを――病院の後継を設け、その上で離婚するため、溺愛という名の欺瞞《ぎまん》で懐柔しようとしていたと思えば、強引ながらも筋は通る。

だが生まれた子に継がせないとなると、璃里を溺愛する理由はまるでない。

「わからない……誠司さん、わからなすぎるよ」

命のやりとりが行われる病院。その病院のトップが些末《さまつ》なことで動揺しては悪影響しかないという六条院長の教育があってか、誠司はあまり感情を面に出さない。

璃里や美智香、それに豊坂といったごく親しい者は、わずかな仕草や表情の変化からなんとなく感情を読めるが、それも普段に限ったことで、彼が本気で冷徹であろうとか、無表情でいようとか思っている時は、家族であってもまるでわからないほどなのだ。

患者からは頼りがいがあると評される鉄面皮も、この状況では悩みを加速させるやっかいな障害でしかなかった。

そこに貴理子の攻撃だ。

誠司にとって璃里は〝妹〟のようなもの。だから言い出しにくいのであって、本当に好きな人と一緒になるための〝お荷物〟でしかないのだと。

——五年経っても妻の役割を果たせてないなら、あと五年経っても同じじゃないかしら。だったら、無駄な時間を費やす前に誠司を解放してあげて。

貴理子の指摘がグサグサと胸を貫き、引き裂いていく。

どれもこれも正論だ。

誠司の役に立ちたいと努力はしているが、実を結んでいるとは言い違い。

(そろそろ大人になりなさい、か)

大学を卒業して、仕事も少しずつ覚えて、少しは大人になったと思っていたが、貴理子に比べればまだまだで。

ドクターとして共に肩を並べる彼女と比べれば、璃里は誠司の片腕どころか爪の先にもなれていない気がしてしまう。

正直、息をするのも苦しい。このままなにもせず沈んでいたい。

「ああもう……ッ！」

がばりと身体を起こし、璃里は無理に深呼吸をして自分を落ち着かす。

悩んでも、疑っても、本人の心の中は本人しかわからない。

浮気してるんですかと聞いて、浮気していると答える馬鹿はそうそういないだろうが、その時は璃里が誠司の信頼を得るほどの妻ではなかったということだ。

「……悲しいことだけど、でも、実際、誠司さんのなにを支えたかと言われたら、なんでもないもんね」

吐きかけた溜息が胸を苦しくさせる。

誠司が本当に貴理子を好きなのか、一緒になりたいのか、璃里と離婚したいのかは、当人でしかわからないではないか。

悩んで、思い込んで、いじけた高校生の頃の自分が頭を過《よぎ》り、璃里は違うと自分を鼓舞する。

「大人なら、話し合わなきゃ」

怖いけど、苦しいけど、相手を好きならなおのこと、相手のために誠実であるべきだ。

（ちゃんと聞いて、話して、受け止めてあげなきゃ）

それがどれだけ辛い結果でも、妻として夫を理解する最初で最後の機会だとしても、やらなければと思う。

正直、吐きそうなほど不安だが、それを我慢しながら、璃里は理性を総動員させて、これからのことを考える。

――緊急オペが入った以上、今日は帰ってこない。

――そして明日は定例のオペ日。同じく帰ってこない。

どころか下手すれば土曜日の朝まで家に戻らないかもしれない。

だがこういうことは、時間を空ければ空けるほどこじれるに決まっている。

待っている間に悪いほうに考えて、自滅するのも嫌だ。

だったら。

「妻として最大限、やれることを考えて、やるしかない」

◇◆◇

当直室の四畳半の畳の上で、大の字に寝転びながら誠司は考える。

(一難去ってまた一難どころか、どいつもこいつも)

睡眠不足と疲労からくる鈍い頭痛がこめかみを疼かせる。

それを親指で押さえ、力尽くで黙らせようとしつつ、ここ一ヶ月の出来事を思い出す。

仕事から帰ったら妻がテーブルに離婚届を置いてうたた寝していた。

このままでは三行半《みくだりはん》をつきつけられる。

どう話を切り出せばいいか心底焦りながら考え、思考が煮詰まるあまりネットで『男女・別れ話・回避』など手当たり次第に検索しまくり、なんとか、穏便に話ができそうなカフェを見つけた時には日が昇っていた。

そこで大人の男として落ち着いて璃里から話を聞こうとすれば、間が悪いことに急患の電話がかかってきてしまい、結局一日を病院で過ごすことになった。

これは早急に仕切り直ししなければと、仕事の時間以外は歩いている時も食事の時も悩み考えてみるも、そもそも女性と付き合ったことがない。

外見がいかにも王子様で内心と性格はともかく、表情はいつもにこにこ上機嫌の豊坂と違って、誠司は子どもの頃から表情に乏しく、幼稚園、小学校低学年を通じてお嫁さんになりたい男の子ナンバーワンを常に維持していた豊坂に反し、普通にしているだけなのに「誠司くんが怖い」「誠司くんが怒った」などと言われ続け、女子から避けられていた。

中学生に入るあたりになると、身長が伸びて顔つきが男らしくなってきたこともあり、ちらほらと女子の話題になることはあったが、丁度その頃に璃里が生まれ、冗談か本気か周りがこぞって〝未来のお嫁さんができたぞ〟と言うので、別段焦らなくても普通に結婚できるだろうし、子どももできるだろうと冷めていた。

しかも生来の堅物っぷりは思春期になっても変わることなく、仮とはいえ婚約者同然の許嫁がいるのに、女に浮ついているのは不誠実だと、バレンタインデーのチョコレートさえ受け取るのに抵抗があった。実際、義理以外受け取った記憶はない。

そのまま男子中学、高校へ進み、女子一割未満の医学部に進学すれば関わりというものがなく、結果、関わり方もわからぬまま医者になり、突然、周りからさすが、すごーい、センスいいね、そうなんだ！　のテンプレ型会話でにじり寄られ、ああ、こいつら俺じゃなくて将来安泰な病院後継者が好きなんだなとうんざりし、そこで完全に女性に対し幻滅した。

例外的に同期とは会話をすることも飲むこともあるが、一対一には絶対ならなかったし、同類のドクターとはいえ、色目の使い方も魂胆も周りと大してかわらないのが見え透いていた。

中には、遠坂貴理子のように果敢――というより、まったく誠司の感情も機嫌も意に介さず踏み込んできて、そこら中を荒らす化け物もいたし、周りも誤解していたようだが、断じて恋人ではない。

というか人生に恋人というものができるより早く、プロポーズして結婚していた。

それだけ璃里は別格で特別だった。

最初はそんなに気に掛けていた訳ではない。

共同経営者である伏見の家の一人娘。妹の美智香の幼なじみにして親友として、家族同然の付き合いがあり、遠い親戚より近い他人そのものだったが、まあ、こんなちっこいのが俺の嫁になるのはまだまだ先だなと思ってる間に、あれよあれよと可愛く成長し、子ガモのように後を付いて歩くだけだった幼女が、二夏ほど会わなかっただけで、はにかみがちなお嬢さんに変貌していて、うろたえた。

色の白さはそのままに、頬だけ淡い桜色に染めながら微笑する清楚さや、子どもから少女に変わるにつれすらりと伸びる手足。

体つきこそ薄いものの、預けられている祖母の家で日舞を習わされているため姿勢がよく、貧弱さはまるで感じられず、しだれ桜のようなしなやかさと華のある雰囲気にドキリとさせられる。

そんな彼女が、キラキラした目で見上げてくるのだからたまらない。

十三歳と二十三歳。

到底、恋愛になりっこないはずなのに、思わず胸をときめかせた自分に罪悪感と背徳感を抱いてしまい――そこから四年ほど、できるだけ彼女を意識せずに済むよう、彼女が夏休みで家に来た際は出かける用事を増やしたり、家族で食事する際も、努めて目を合わせず無表情を装っていた。

思えば、その態度からして意識している証拠に違いないのだが。

だがまだ恋とは自覚できず、ただ、将来の嫁、守らなければならない女性、大切な家族としか認識してなかった。

それが変化したのは彼女の両親を葬儀で見送った後。

璃里の感情や意見など差し置いて、どこから湧いたかしらない伏見の遠縁（そして大体、利権目当てのやっかいな輩と決まっている）親族が現れ、誰が引き取るかどうかと話だした挙げ句、誠司との結婚も認めない。伏見のものを婿に取らすと言い出して、誠司より早く祖父がキレた。

もう知らん！　と憤慨しつつ病院へ戻る祖父をタクシーに乗せ、ともかく璃里を保護しなければと探せどいない。

どこに言ったのかと心胆を冷やし外を見れば、紫陽花《あじさい》に囲まれうずくまり泣いている姿が見えて——。

恋をした。

一生、忘れられない恋を。一生をかけて手に入れる価値のある恋を。

守らなければならないのではなく守りたいと、嫁にしなければならないではなく、嫁にしたいと思った。

雨の中で萎《しお》れいく花を、気付いたら見守り続けてきた璃里という花を守り咲かせたいと思った。誰よりも大切にして花開かせ——自分だけのものにしたいと思った。

傘を差し掛け、気付いたらプロポーズしていた。

どうして手順を飛ばして結婚しないかなどと口走ったのか、今でも自分がわからない。

ただ誰にも渡したくない。どころか見せたくないと強く欲したのだけは覚えている。

それが独占欲なのだと気付いたのはつい最近。

六条と名を書きかけた離婚届を前に、ローテーブルでうつ伏せになって眠る璃里に気づき、別れたくないと強く思い、考えに考えあぐね、親友で腐れ縁の豊坂に離婚する心境を問うた時、浮気の予兆に服装や髪型が変わると答えられ、その通りの行動を璃里が取っているのに気付いた時、同時に己の中にある強い独占欲――執着と言い換えてもいい――が形になった。

渡せないという衝動のまま璃里を求め抱いてみれば、彼女は完全なる処女で、自分が初めての男であり、自分にとっても初めての女であることに興奮した。

触れるごとに色を変える肌も、身動きごとに散る髪が作る美しい流線模様も、くねる肢体の艶めかしさも、全部が新鮮かつ印象的で、反応が返るたびにもっと感じさせたくなり、高く響く喘ぎが耳に届くごとに溢れるほどの愛おしさに満たされた。

貫いた瞬間は一際衝撃的で、温かく滑る女淫に締め付けられた部分から腰が甘く痺れ、脳の芯まで快楽に爛《ただ》れ蕩けていく気がした。

気付けばもう訳もわからず腰を振っていて、そして最初はぎこちなかった璃里の反応も内部も、つたないながら誠司に応えようと必死で――。

「いかん」

どんどんと淫らさに満ちていく妄想を振り落とすため、誠司は声を出してなにもない空に手を伸ばして払う。

気付けば体温も心拍数も上がっていて、腰の辺りがじんわりと熱い。

このまま夢想に耽《ふけ》っていれば、股間がどうにもならないことになる。当直中にそれは不味い。

伸ばした手を口元に当て呻く。

抱いた時も、抱いた後も璃里は誠司と距離を取るようなことはなかった。どころかよりひたむきな目で見られ、ぐっとくることが増えた。

広報材料となるオペ映像を撮るため、誠司の手術をモニターした後はなおさらで、誠司の仕事を理解するために勉強したいと言われ、ぐっときて――まあ、その後、ベッドまで待てずに浴室で致した。しかも生で。

夫婦だし、子を求められ結んだ縁（だと周囲は思っている）ではあるが、妊娠は女性の身体に負担が大きく、生活への制限もかなり増える。

そのため、避妊については璃里の望むよう振る舞おうと思っていたが、相手から求められてはもう理性に抑えが利くはずもない。

今、この瞬間にも自分の子どもが璃里の中に根付いているかもと思うだけで、わくわくするし、もっと頑張ろうと奮い立つ。

「うん？」

また意識が違う方向に流れていこうとする中、誠司は違和感に気付く。

（だとしたら、あの離婚届はなんだったんだ？）

普通、離婚する相手と子作りしようとは思わない。

にも拘わらず、避妊具がないと行為を止めようとした誠司に対し、最後までするよう望んだのは璃里だ。

子どもだけが欲しいという考え方もできるが、幼い頃、両親が忙しくかまってやれないのを危惧するあまり、祖父の家で育てられた璃里は、親や家庭に憧れを持っている部分がある。

結婚前、誠司の家でお菓子を作っていた璃里に対し、美智香が〝赤い屋根の小さい家で、夫婦と子どもと犬が揃っているような生活が好きそうだ〟とからかっていたことを思い出す。

個展を開いてはバカンスと好きに海外を飛び回り、気まぐれに帰国してはペットのように美智香と誠司を可愛がり、かまい、口うるさくし、またどこかへ飛んでいく両親を見て育った誠司にはよくわからないが、璃里は祖父と祖母に育てられたことは感謝し、両者を愛してはいるが、それと両親は別なのだろう。

ともあれ、無意識とはいえ親にこだわりがある璃里が子種だけもらって離婚はないだろう。

（いや、じいさんの望みを叶《かな》えてから離婚するつもりだったとか）

ぞくりとした冷たいものが背筋を走り、思わず誠司は起き上がる。

冷や汗が額をつたい、心拍数が急上昇していく中、努めて冷静に考える。

――それなら、〝今〟離婚届を用意する必要はないはずだ。

下手に用意しておいて誠司に気付かれれば揉《も》めるだろうし、妊娠出産が終わっても女性はすぐ動ける訳ではない。というか誠司に無理をさせる気がない。

そうすれば数年は先になるだろう離婚の紙を、今用意する意味とはなんだ。

「わからん……、まったく摑めない」

呻きながら仰向けに倒れる。

家がフローリングと大理石張りの床しかないので、畳があるというのが当直の唯一の利点だが、こんな満喫の仕方はしたくない。

また大の字になってそんなことを考えていると、入口の方から声をかけられた。

「なにをウンウン悩んでるんだよ。難しい症例の新患でも当たったのか」

引っかけていたサンダルを上がり口で脱ぎ、湿ったバスタオルで髪をかき混ぜながら豊坂が言う。

「まさか、俺が風呂に行ってからずっとそう？」

パジャマ代わりのスクラブを引っ張りバタバタさせ、空気を肌に送りつつ豊坂は呆れ座る。

「一時間は経ってるぞ」

「長風呂だな。いいご身分なことで」

「馬鹿、途中でＩＣＵの婦長に捕まったんだよ。今日のオペ患の出血量が微妙だとかでさ。その後はお決まりの噂話《うわさばなし》。なげえっつーの」

病院内どころかいたるところで王子様と名高い豊坂だが、男だけの場所では口も悪ければ行儀も悪い。

大の字になった誠司の横にあぐらを掻《か》いて、清涼飲料水の缶を開けると、それがまるでビールでもあるかのように一気飲みする。

「はー、うめえ。これがエナジードリンクじゃなくて酒ならなあ……」

頭を拭き終わったバスタオルを片手で丸めて洗濯籠へ投げつける。

丸まったまま飛んでいたバスタオルは、途中でほどけ、半端に洗濯籠からはみ出し畳の上に端が乗ってしまうが、豊坂は気にしてもいない。

「で、なんに悩んでるフケよ」

後ろ手をついて顔を天井に向けつつ、豊坂が水を向けてくる。

「……いや。女が離婚したいって思う理由ってなんだろうな、と」

「は？」

長年の付き合いから油断し、つい本音をぼやけば相手は目を丸くしてこっちを見て、そして失礼なことに爆笑しだした。

「なに、なんでそう思うの。……あり得ないだろお前んところは。ていうか、つい数日前までエッチした新妻が可愛いです。みたいなデレデレ顔してたのになんだ。マリッジブルーか、初夜ブルーか」

つい先日、お互い、初めて合体したのを見抜かれたのに驚き、咄嗟に飛び起きた誠司はあわてて否定する。

「ごっ、五年目だぞ。初夜なわけがあるか！」

「ふーん、やっと念願達成したんだな。脱童貞おめでとう。やっぱビールだったらなぁ。祝杯がこれじゃあなあ」

ゲラゲラと笑いながら茶々を入れてくる。面では優しく親切なお兄さんを装っている豊坂だが、その実、人を玩具《おもちゃ》にするなかなか根性の悪いガキなのだ。

「どうでもいいだろ、そんなことは」

「へー。んで、失敗したとかで離婚されるかもとか考えてるのか？」

「失敗してない！　しつこいぞ」

「やっぱ脱童貞してんじゃん。誠司」

見事に誘導尋問にひっかかったばつの悪さから顔を背ける。生まれつきの御曹司で病院の後継と決まっている誠司は、こういうやりとりに慣れていないのだ。

「んで、なんで離婚とか考えてるの。いい夜だったんだろ。……浮かれ方がはんぱなかったし、俺が璃里ちゃんと話してたのに割り込むぐらい独占欲出ちゃうぐらいだもんな」

つい先日――璃里が広報材料となるオペ映像の収録に来た時のことだ。

「今まで自重していた反動とはいえ、少々、度が過ぎる自覚はある」

彼女の視線も心も独占したいとまで思うあまり、談笑している璃里と豊坂の間に割って入った。

特別扱いされたくないとの理由で、結婚を伏せていることもあり、職場では適切な距離を置いて接していたのだが、どうにも我慢できなかったのだ。

「度が過ぎるというか、ベタ甘？　院内でも誠司先生は六条さんが好きなんじゃゃって噂《うわさ》になってるぞ。聞かれて、どう答えればいいか迷ったぞ、本当」

璃里が誠司の妻であることを知っているのは、院長と秘書、その周りの経営陣や重職クラス。あとは美智香と豊坂の二人ぐらいだ。

普通であれば、結婚した二人が同じ会社であることは隠せないが、現在、誠司は六条伏見病院の医師であると同時に、大学病院の非常勤医でもある。

　つまり複数の職場から給料を貰っているため、確定申告が必要な身であり、保険や税金などの手当も税理士などに任せてあり、病院の総務や人事を通している璃里とは別枠なのだ。

「ちゃんと夫婦になれたなら、いい機会だし公表したら？　一年経つでしょ。璃里ちゃんもこの病院に勤めだしてから」

　いい加減な倒置法を使いつつ豊坂が言う。

「公表といっても芸能人じゃあるまいし。普通はどうやって結婚を知らせるんだ」

「そりゃ結婚式で……って、ああ、そうか。お前ら結婚式してなかったな」

　璃里の両親が亡くなったことを切っ掛けに、彼女の身柄を保護するため婚約し、高校卒業と同時に入籍したものの、すぐ大学入学になったこともあり、一般的に言うところの結婚式というものを行ってない。

「どころか新婚旅行もしていないな」

　大学入学したての璃里と、丁度その頃から心臓血管外科の専門医となるべく試験勉強や手術症例数を増やす必要があった誠司は互いに多忙で、二人でどこかへ行くという考えはもちろん、新婚旅行という単語すら頭に浮かばなかった。

（もっとも、結婚を記念して旅行をなんて言い出したところで、じいさんが反対して妨害

してきただろうが）

結婚は許す。だが、学生に手を出すことは許さん。といい、璃里が大学生である間は身体の関係を禁じられていたのだ。

当然、二人きりで旅行なんてしたことがない。

二人の結婚の証拠といえるものは、役場に提出した婚姻届と、なかなか嵌める機会がないプラチナの結婚指輪、それと、子どもができたときに無いと困るよと美智香に言われ、ホテルの衣裳《いしょう》を借りて取った結婚写真だけだ。

「あらゆることが例外だらけだったな……」

過去を振り返り説明し、しみじみとしていると、豊坂が目と口を限界まで開いた顔で指を差してき、そのままくるくると輪を描いて言葉を探し出す。

「いや……なんだその、お前、よく離婚されなかったな……璃里ちゃんも、なんというかうん。偉い」

「げ、原因が今の中にあったのか！」

「むしろ原因しかないわボケ」

思いっきり頭を叩《たた》かれ顔をしかめるも、叩いた豊坂のほうは眉間を人差し指で押さえ唸《うな》っている。

「結婚式も新婚旅行もない。ドレス選びもしてないって、美智香だったら三秒で離婚案件だ。……それだけ結婚ってのは女の子の夢が詰まってるんだよ。この堅物！　くそ真面目！」

はーと大きな溜息を吐かれ、そんなに酷いことをしてきたのかとショックを受ける。

「ていうか、お前さあ……璃里ちゃんをちゃんと〝妻〟扱いしてやってなかったろ。新婚というより熟年夫婦だもんな、お前らの雰囲気。夫婦より家族が先に立つというか」

「それは、認める」

璃里が大切で、璃里を守りたくて、彼女が望まないことはなにひとつしたくなくて、大事に大事に触れずにおいた。

家族のように優しく温かく見守る男で居続けたあまり、今度はその壁を壊して幻滅されるのが怖くて手を出しあぐねていた自分に気付く。

「妻と家族は違うぞ。家族の中に妻がいるんじゃなくて、妻の部分が家族に混じってるっていうか……。ともかく、女扱いしてほしかったんじゃないか。妹のような距離じゃなくて」

さすが、女関係の揉《も》め事《ごと》に巻き込まれやすい体質だけあって、豊坂の指摘は鋭い。

「女扱い……してほしかった、か」

なんとなく理解できてきて、誠司は唸る。

夫婦なのになにもないのが辛くて離婚を考え、それが切っ掛けで誠司が焦り、手を出し、妻になった実感を得たのなら。

「……離婚の危機は去った、ということか」

雲だらけの空から一条の光がさしたように、誠司の脳裏が希望で明るくなる。

「なんだよ急に。一人で悩んで一人で解決してんじゃねえよ。……ったく、璃里ちゃんのことで悩むのもいいが、それよりもっと面倒くさい問題があるだろうがよ」

誠司と話しているとどんどん口が悪くなる豊坂の指摘に、もう一つの頭痛の種を思い出す。

「貴理子か」

遠坂貴理子のことだ。

「お前が頼んできたように、院内で探ってきたんだぞ。忙しい合間を縫ってな」

はーっと大きな溜息をついて、豊崎が頭の後ろを掻き乱す。

「あいつ、ほんっっとクソ面倒くさい女だな。……もうトラップっつーか、噂で仕掛けだしてやがったぞ」

曰《いわ》く。

伏見の令嬢（璃里のことだ）はとんでもないわがままで、だから誠司は病院にいる時間が多いだとか、浮気をしているだとか。

結婚して五年も経つのに子どもがいないのはセックスレス夫婦なのだとか。

とんでもない話である。

わがままかどうかで言えば、璃里は見ているこちらが心配になるほど気遣い屋だし、浮気などする不誠実な性格ではない。

結婚して五年レスだったのは認めるが、それも璃里が学生だったのに加え、無理強いしたくない、して嫌われたくない誠司の意向であって、璃里のせいではない。

他にも聞くに堪えないような噂が流されていたが、どれもこれも都合よく、璃里が誠司の妻であることを隠したり、年齢をぼかしたりしているものばかりで、信憑性《しんぴょうせい》というものがまるでない。

実際の璃里と誠司を見ていれば、それはないだろうと思うものでも、植え付けられたイメージだけなら容易《たやす》く信じてしまうのが、この手の噂の特徴だ。

噂の出所は大学病院に、しかも、貴理子と関連が多い診療科の看護師に行き着いていた。中には大学から手伝いに来ていた非常勤医師が出所のものもあったが、そっちについてはもっとわかりやすい。

「金か関係かで懐柔したんだろうな」

昔から貴理子はそうだ。

手に入れたいものや欲しいものを得るために手段を選ばない。邪魔するものは自分の手を汚さず姑息《こそく》な噂で疑心暗鬼にさせ自滅させるか、周りから潰すかだ。

加害者でありながら被害者ぶるのがこの上なく上手《うま》い女なのだ。貴理子は。

離婚したのも誠司と再会して純愛を抱いてとなっているが、もちろん違う。

オーストラリア留学中に上司と不倫関係になって、それが原因で旦那から離婚されたが真実だ。

「しかもケツに火が付いてるから余計になりふりかまってない。……聞いてるか。不倫の慰謝料と離婚の慰謝料。オマケに子どもの養育費で億以上取られるらしいぞ」

日本の裁判所より海外の裁判所のほうが不倫に厳しい傾向がある。当然、慰謝料の額も桁違いだ。そこに離婚の慰謝料までかかれば話は簡単だ。

知り合いの男の中で一番金を持っていそうかつ、簡単に手に入りそうだと目して誠司に近づいてきているのだ。

「童貞研修医三十人喰いで海外に飛ばされたのに、あの女まるで懲りてねえ」

よく誠司が毒牙にかからなかったものだと、豊坂は腕組みして感心しているが、顔と身体しか武器がない女に落とされるほど璃里への気持ちは弱くない。

大体、十年以上前から貴理子に魅力を感じたことなど一度もないし、同期であることや研修チームが同じだった以上の付き合いもない。

「舐められたものだな」

誠司は身体の向きを変えて、豊坂と向かい合う。

「それで？　璃里ちゃんの周辺は黙らせているんだろうな」

「もちろん」

璃里には申し訳ないと思ったが、産休に入る医師の代理として貴理子が大学病院からこの六条伏見病院に派遣されてくるとわかった時、彼女の直属の上司——医療広報課の課長とそこで一番歴が長い女性には、誠司との関係を伝えたのだ。もちろん、周囲どころか本人にも言わないよう口止めして。

貴理子が一度は諦めたはずの誠司を狙いだしたのは、金という理由もあるだろうが、一番は璃里を見くびっていることだろう。

まだ大学卒業したての小娘など、噂で簡単に潰せると。

実際、そうやって自分の目障りになる新人看護師を潰したことがある分、貴理子は己に自信を持っている。

学生時代に璃里を見られ、妹は一人といったが二人目がいるのか。親の愛人の子かなどと問い詰められ、許嫁と答えたゆえ貴理子もまた、璃里と誠司の結婚に気付いただろうし、あの時のままの子どもなら簡単に潰して誠司を落とせると思ったのだろうが、忘れていることがある。

誠司にとって、璃里は掌中の珠《たま》なのだ。それこそ恋を自覚する前から許嫁として大切にし、恋を自覚してからはさらに大切に守ってきたのだ。噂のような不躾《ぶしつけ》な風に晒させるわけにはいかない。

「ついでに、あいつの大学での上司にも証拠を添えて伝えてきた。うちの病院の規律を乱す行為をするので引き上げていただきたいと」

自然と低くなった声で伝えれば、豊坂が天井を向いて十字を切った。

「あらー。若い院長で心臓血管外科のエースから言われちゃたまらねえな。病理部長も教授も」

かつて世話になった恩師であるが、それはそれこれはこれである。

憤然としたまま黙っていると、豊坂は眉を寄せて苦笑する。

「誠司、璃里ちゃんに関する悪意については沸点が低いもんな。ものすごく」

「当たり前だ。……俺の嫁だぞ」

俺の嫁、という響きに照れと嬉しさが湧くのを我慢するも、豊坂は見抜いたらしく、白けた風な眼差しでこちらを見る。

それを無視して誠司は言い切った。

「ともかく準備は整った。あとは仕掛けるだけだ」

第六章　妻としてがんばろう

悩みに悩んだあの後、璃里はまずできることからやろうと思い立った。

今まで、ドクターである誠司に対して凄いとか大変そうだと思っていたが、それをやめて、理解して支える努力をしようと思った。

夫婦の形は色々あって、共に競い合い仕事で頑張ったり、子育てや家事に全力を尽くしたり。

だが璃里は仕事ではドクターではなく広報だし、子どもはできる以前の問題で家事は定期的にハウスキーパーが入っているからやることも少ない。

だからなにもできない。ただ思うだけ、笑顔で迎えるだけだと考えていたが、仕事で誠司の手術を見て、その凄さを想像ではなくリアルとして記憶して、もっと理解したい。もっとこの凄さを他の人にも理解してほしいと広報という仕事に興味が増した。

同時に家事でもなにか彼を支えることはできないかと考えた時、食事を差し入れするのはどうだろうと考えた。

家にいるときこそ璃里が作った食事を口にする誠司だが、病院にいるときは一分一秒を惜しむように食堂のうどんやカレーを掻き込むし、食堂が開いている時間に食べられなければ、コンビニのおにぎりだけで済ますことも多い。

それは身体に悪い。

本人は慣れているからと笑っているが、璃里が協力すればもっとよくできる余地はある。

思いついたと同時に立ち上がって台所へ行くも、お弁当箱がない。

だったらと諦めず、美智香にお弁当箱を貸してと頼めば、うちにもないけど、自分も夫である豊坂に差し入れしたいと彼女も言いだし、夜遅くまで営業してくれる大型スーパーマーケットまで車を出してくれた。

そこで食材と保温性の高いお弁当箱を、色違いでそれぞれ購入して家へ。

帰ってからは真っ直ぐに台所へ行き、美智香と二人であわあ言いながらお弁当の中身を作って詰めていく。

できるだけ誠司の好きなものをと考え作ったのは、唐揚げと卵焼き、ひじきの煮物にガーリックオイル風味のブロッコリー炒《いた》めとごく普通。

それでも新たな発見はあった。

塩胡椒《こしょう》が利いてごはんに合う唐揚げは、海外暮らしが長い誠司の母から教わったもの。

ひじきの煮物に砕いた胡桃《くるみ》を入れるのは亡くなった母の実家の秘伝。

卵焼きは京都にいたころは出汁《だし》風味が好きだったが、東京に来て六条の家から大学に通うようになってからは、六条家で長く親しまれた甘い味付けが定番になった。

見落としていただけで、結構、共通点があるんだなという思いと、両方の家の味がいろいろ交じって新しい〝実家の味〟が、言い換えれば〝家庭〟ができるんだなと気づき、胸がじんわりと熱くなり、次いでワクワクしてきた。

できたおかずを弁当に詰める。

すぐ食べてしまえるように、ひじきの煮物は油揚の袋に茶巾詰めにし、ごはんはおにぎりにしと工夫する。

それから着替えとお弁当を詰めて、再び美智香の車で病院へ。

結構遅くなった気がしたが、時計を見ると二十一時を少し回っただけだった。

患者が寝る時間まではなんやかや呼び出しがあるので、まだ晩ごはんは食べてないよ。と美智香の探りに豊坂がメッセージを返してきたのに、二人してガッツポーズを取る。

今夜は誠司と豊坂が当直なので、二人とも食べていない確率は高い。

差し入れすることはまだ秘密だが、これなら喜んでもらえそうだ。

「じゃあ、私は裏の駐車場に車を止めてくるから、璃里はロビーで待っていて」

コートを腕にかけ、荷物を手に持って通用口で降りた璃里に告げると、美智香が慣れた手つきで車を駐車場へと向かわせる。

それを見送り、ドキドキしながら守衛さんに挨拶し、職員ＩＤを見せてから中へ入れば、昼間とはまるで違う夜の病院の姿にドキリとする。

普段は光に溢れ患者が行き来する受付ロビーも、人がいないとこんなに広いのかと思うほどがらんとしていて、開放感のある吹き抜けのシャンデリアはどこか遠く、そのまま見てると知らない闇に吸い込まれそうに思えた。

会計カウンターは全部シャッターが下りていて、人の気配がまるでない。

非常灯と外から入る街灯の明かりがぼんやりと照らす中、美智香を待つため手近なソファに座っていると、どこかから硬質的な足音が響く。

――少し、怖いな。

そう思っていた璃里の視界の端に、白いものがひらめきドキリとする。

咄嗟に振り返り確かめると、見慣れた背格好の男性が歩いているのが目に入る。

誠司だ。

胸が大きく跳ねて、鼓動が少しずつ速くなっていく。

見間違いじゃないようにと願いながらソファを立ち、人影が進む方向に数歩進み確信を得る。

間違いなく誠司だった。

スクラブの上から白衣を着ていたが、多分風呂上がりなのだろう。いつもジェルで軽く流している髪がふんわりと額に落ち掛かっている。

これから晩ごはんかな、それとも食後にジュースでも買いに来たのかなと、ドキドキしながらさらに一歩進み、誠司さんと名を呼びかけたその時。

「誠司！」

華やいだ女の声が璃里に先んじて、誠司の名を呼ぶ。

え、と足を止め立ちすくむその視界に、昼間見た美女が――笑顔を湛《たた》えた貴理子の姿が飛び込んでくる。

誠司とは対称的に、これから帰宅する処だったのか、スーツと同じハイブランドの品でバッグを揃え、靴も踵《かかと》の高いヒールになっている。

そして帰り際だというのにメイクに手を抜かず、どころか、一層きっちりと眉を描いて口紅を塗っている貴理子を見て璃里は怯《ひる》んでしまう。

料理が終わってから、軽く身だしなみを整えはしたものの璃里が着ているのは普段着でしかない。

よくある形のブラウスとミモレ丈のスカートの上からコートを着て、襟にはストールまで巻いた防寒仕様は、すっきりとしたシルエットをさらす貴理子にくらべて大分やぼったく見える。

髪だって首の後ろで一つにくくっただけで、みすぼらしくはないが目立つほどのセンスも美しさもない。

そんな引け目からか、手近にあった柱の陰に身を寄せて璃里は二人から隠れてしまう。

（ば、ばかばか！　美智香ちゃんが来たら、隠れてるのがバレちゃうのに！）

自分で自分の行動を叱るが後悔は先に立たない。

璃里がみじめさと悔しさ、そして恥ずかしさをない交ぜにしながら唇を噛んでいると、近寄る二人の足音が止まる。

「珍しいじゃない、誠司からお誘いがあるなんて」

誰もいないからか、それとも少し興奮しているのか、貴理子のはしゃいだ声と含み笑いが反響し届く。

それに少し遅れて、誠司が「ああ」と気怠げに反応したことに璃里はショックを受ける。

どんな女性の誘いも受け流し、仕事関係の用事以外は聞いているのかいないのかわからない態度を取ると有名な誠司が、自分から女性を誘ったことにも驚くが、相手が貴理子であることがより一層、衝撃が大きい。

（やっぱり、元彼女だっていうのも、よりを戻そうとしているのも本当なのかな）

夕方、貴理子から牽制《けんせい》された時の言葉を思い出し胸を痛くしていると、誠司がなにごとかぼそぼそと話したのが聞こえた。

隠れていたほうがいい。そうわかりつつも璃里は二人の会話が気になり頭だけ柱の陰から出してしまう。

「やだ、そんなこと気にしてくれてるの？　嬉しいわ」

なにを気にしているのだろう。貴理子がすでに離婚していることか、あるいは自分がまだ結婚していることなのか。

悪い方にばかり想像がいくのを止めたい。なのにどうにもできない。

空いた方の手で胸に下がるストールの端をぎゅっと握ってみれば、冬だというのに掌には汗を掻いていた。

どく、どく、どくと鼓膜の奥で血脈が蠢いて、鼓動が嫌な風に響くのを感じる。

床の冷たさが爪先から足裏へ広がって、膝へ伝わっていくのに寒さをまるで感じず、そのかわり石像になったみたいな強《こわ》ばりばかりが強くなる。

──誠司さん、本当に彼女のことが好きなのかな。

──離婚したいのかな。

──私と結婚したことを後悔しているのかな。

そんな考えが浮いては沈み、沈んではどろどろと濁った心の澱《おり》となって嫌な感情を刺激する。

二人は璃里の内心の葛藤にも拘わらず、なにごとか雑談していたようだったが、間を置かずして貴理子がぱんと両手を打ち鳴らす。

「私、今から帰る処なのよ。どうせ誠司も食事まだでしょ。少し抜けて一緒に近くで食べない？」

ああ、駄目だ。行ってしまう。

そして多分、手にしたお弁当は無駄になってしまうだろう。

はりきっていた気持ちがみるみる萎《しぼ》む中、誠司の声が妙にはっきりと聞こえた。

「豊坂は？」

「え、豊坂君は今回はお留守番してもらわないと。当直が二人同時に不在は不味いでしょ」

「だったら豊坂を誘えばいいだろう」

きっぱりとした口調が、璃里の胸に小さな希望の光を灯す。

少なくとも誠司は誘いはしたが、一緒に食事する気がない。そのことが璃里を安心させる。と同時に俯《うつむ》きがちだった頭がゆっくりと前を向く。

見れば、貴理子が妙に馴《な》れ馴《な》れしげな手つきで誠司の肩に手を置き、艶然と笑っていた。

「つれないことを言わないでよ。……離れていた間のことを知りたいの。わかるでしょ？」

そのまま誠司にしなだれかかっても可笑《おか》しくない姿勢に、衝撃を受けるより早く嫌悪感が先立った。

少なくとも、誠司はまだ既婚者だ。璃里と離婚するまでは。

それなのに彼女ヅラを気取られては、璃里の——妻の立つ瀬がない。

（まだ未熟かもしれないけど、彼にふさわしくないかもしれないけど）

だけど、この世界で唯一、まっとうに〝妻〟と言えるのは璃里しかいない。

そう考えると同時にお弁当が入ったバッグを握る手に力を込め、柱の陰から一歩出る。

フラットシューズで足音がしないからか、貴理子が口説いている声が大きいからか、二人が璃里に気付いた様子はまだない。

溜息を呑《の》み込《こ》み、毅然《きぜん》と前を向いて璃里は大きく踏み出し、そこから猛然と二人の間に割って入る。

「あのっ！」

突如として飛び込んで来た璃里に目を丸くする二人より、璃里本人が自分の声の大きさに驚く。だが、ここで怯んでもいられない。

「うちの、主人が！　なにか！　しましたでしょうか！」

妻を堂々と主張するのは初めてで、気恥ずかしさと貴理子の図々《ずうずう》しい態度に対する悔しさが顔どころかうなじまでもを紅潮させる。

だけどもう、飛び出た以上、退くことなんてできない。

自分の度胸を励ましながら璃里は立て続けに言う。

「ご挨拶が遅れまして！　私、六条誠司の妻の璃里です。恐れながら、遠坂先生の距離はやや主人に近すぎるようですが！　なにか、主人が失礼でも？」

いつかどこかで見たドラマの台詞を思い出しなぞりながら、必死になって二人の間に身体を割り込ませる。

興奮しすぎか、逆に、お前が邪魔だと誠司に怒鳴られるのではないかという不安か、今更のように足が震えてたまらない。

瞳だって知らず潤み熱くなっていて、璃里は泣いてたまるかと目をみはり、貴理子だけをにらむ。

「服にゴミでもついてましたか？　それは、至らずッッ……」

しゃくりあげそうになって、璃里が肩を震わせた時だ。

大丈夫だと言うように誠司の大きな手が璃里の肩を包み、たちまちに抱き寄せる。

「だ、そうだ。……なにか問題でもあるか？　遠坂」

いい雰囲気だったところを割り込まれ、怒濤《どとう》のように修羅場の台詞を棒読みで浴びせられ、美女が台無しになるほどぽかんとした顔をしていた貴理子が、誠司の声で我に返って眉をつり上げる。

「どういうことよ！　なんでアンタがここにいるのよ」

「それはこちらの台詞です！　私は当直中の主人に、お弁当と着替えを届けに来ただけです！　妻ですから！」

貴理子に言うのではなく、自分に言い聞かせるために声を大きくする。

鬼の形相をしてにらみ返してくる貴理子は怖いが、それでも、肩に誠司の手が――その温もりがあれば、立っていられた。

「お弁当？　子どものままごとじゃあるまいし、そんなもので……」

「遠坂、璃里を悪く言うな。……あまり俺を煽るなよ」

璃里が文句に反応するより早く、誠司が口を挟み貴理子をにらむ。

「なによ！　呼び出したのはそっちじゃない！」

「呼び出したのは正しいが、お前が考えているような用事じゃない。勝手に期待して気持ち悪いしなを作って現れて、急に被害者顔をされても困る」

好意など一欠片もない冷たい台詞に、一瞬だけ貴理子が傷ついたような表情をしたが、すぐに顔を怒りに染め変え誠司をにらみ、その勢いで視線を璃里へと向ける。

「なに？　二人して私を馬鹿にしようとしてるの。酷いわ」

「どこが酷いというのでしょうか。私は立場の話をしているだけですが」

冷たい態度を酷いと言っているのかもしれないが、それを言うなら既婚者と夜、二人っきりで会っただけならず、不要なボディータッチをしていたほうが倫理的に酷くはないだろうか。

そう匂わせつつ璃里が言えば、貴理子はふん、と鼻を鳴らして「立場？」とわざとらしく語尾を上げ、璃里を責めだす。

「五年間、妻として大して役に立ちもしなかったくせに！」

そこを貫かれれば弱いという部分を確実に狙った一撃に、璃里の胸が鋭く痛む。

確かに、高校生の時に婚約し、大学入学と同時に入籍したので妻らしいことはまだなにもできてはいない。

（だけど、これから、なにもしないということでもない）

立ちくらみを起こしそうな頭を軽く振り、璃里は自分を奮い立たす。

「だとしても、六条誠司の妻は私です！　貴女《あなた》じゃありません！　不謹慎な行動を仕掛けないでもらえますか！　夫が迷惑しています‼」

本当に迷惑しているかはわからない。だが、少なくとも今は貴理子ではなく璃里の味方だと肩から伝わる手の温もりが教えてくれる。

誠司の体温に縋り、よろめきそうな心を自立させる。

周りから見たら確かに、貴理子のほうがお似合いだろう。

同じドクターで美男美女で。だけどそれがなんだと気合いを入れて、璃里は貴理子をにらみつけ、胸にお弁当の入ったバッグを抱く。

落とすはずだった男と、その妻から迎え撃たれにらまれた貴理子は、分が悪いと悟ったのか、たじたじと二歩ほど下がって吐き捨てた。

「アンタたちが契約結婚だって知ってるのよ。……妻っていったって、離婚するまでの立場じゃないの。偉そうに！」

始まりは、そうだったのかもしれない。

だけど今は違う。仮に誠司が望んでいても璃里の答えはもうとっくに決まっていた。

「離婚なんてしません！　絶対に！」

今までで一番大きな声で叫ぶと、わあんと病院のホールに自分の声が広がり反響する。

それにはっと誠司が息を呑んだようだが、もう気持ちは止まらない。

今まで我慢していた分だけ、璃里の感情が怒濤のように口を突く。

「大体あなたなんですか。五年間妻として役に立たないと私をなじりますが、貴女だって五年間ぽっちで妻の役目を投げ出して浮気して離婚してるじゃないですか！　人を悪く言う前に、己を顧みてはいかがですか！」

「なんですって！　この、ガキ！」

子どもですよ。ええ、貴女に比べたら。

こんなところで怒鳴って痴話喧嘩《げんか》をして、本当にしょうがないと思う。

だけどこれが璃里だし、嫌なことを嫌と反発する気持ちに、大人も子どももないと思う。

　ふーふーと口で息をしながら、毛を逆立てた猫みたいに気を荒立てていると、誠司が璃里の肩を二度叩き、それから腰に手を回し背に庇《かば》う。

「遠坂、璃里に謝れ」

　淡々とした、だがそれだけに次にどんな感情が爆発するかわからない誠司の口調に、ヒートアップしていた貴理子がうろたえた表情を見せる。

「なんだって、私がこんな子どもに」

　あからさまに、大人の女である自分が上で璃里が下と見なす態度に、さすがの誠司も限界がきたのか、璃里が知る限り初めて舌打ちを落とし、いらだった態度を見せつける。

「ガキはお前だろう。遠坂」

　革靴の踵でリノリウムの床を音が出るほど強く蹴り、誠司は続けた。

「璃里はやっていいかどうかをきちんと考える大人だ。やれるかどうかまでしか考えられないガキなお前ではまるで相手にならん」

　見た目ではなく、中身できちんと判断していることを的確に言葉にしつつ、誠司は貴理子をにらむ。

「わ、私が子どもですって！　……そんな、酷いわ！」

「そうやって、自分の分が悪くなったら被害者ぶるのが子どもの証拠だろうが。……璃里が言ったように顧みたらどうだ？　最初に殴りかかってきたのはお前だろう」

大人なら冷静に判断し、反省すべきところは反省し改善するはずだと言外に含めながら誠司が言うと、貴理子はまなじりを上げて吐き捨てる。

「私が、なにを」

「しただろう。……璃里を傷つけるような噂を無責任に流しただけじゃなく、本人を直接なじっただと？　しかも嘘で。幼稚な手管にもほどがあるな。……恥を知れ」

そう誠司が言いきった途端、貴理子だけでなく、周囲に集まってきていた人々の中にいた何人かが申し訳なさげにこちらから目を逸《そ》らす。

同時に他の人達が、酷い、とか、あれ嘘だったの。とかいう囁きが聞こえてくる。

「……ッ」

ぎり、と音が聞こえそうなほど歯を食いしばり、顔を歪めた貴理子は、だが周囲からの批難の眼差しに耐えきれなくなったのか、鋭く舌打ちして背を向けた。

「結構よ！　貴方にそんな見る目がなかったなんて。残念だわ！　がっかりよ」

「負け犬の遠吠《とおぼ》えにもなってないな。……いいか。俺がお前に興味を持つことなど絶対にない。絶対にだ」

そこで言葉を句切り、誠司は璃里の肩を引き寄せ、しっかりと抱きながら告げた。

「俺の妻は璃里だけだ。璃里以外を抱く気はない。一生」

運命のつがいだという宣言が嬉しいのと、周囲の視線が恥ずかしいのとで顔が熱くなってくる。だが、誠司は言葉だけではないと示すように身をかがめ、璃里のこめかみに軽く触れるだけのキスをして貴理子に対し見せつける。

と、彼女は口をわななかせ、顔を醜悪に歪めたが、それ以上なにか言うことはなく、ヒールの踵が折れそうなほど強烈に床を蹴りつけ背を向け、肩を怒らせながら通用口へ歩きだす。

後に残された人々は、皆、唖然《あぜん》として貴理子を見送っていたが、驚きが去るや否や、誠司と璃里を振り返り、凝視する。

「あっ、あの、誠司さん……」

勝敗が明らかになったというのに、まだ、璃里に振れ、髪を弄《いじ》り、時折、キスを落としながらじゃれる夫の胸を押すが、体格差からかびくともしない。

どころか、周囲に見せつけるのが楽しくてたまらないというように、璃里に対し甘い仕草をしかけ微笑む。

そんな誠司の姿と貴理子の醜態が翌日を待たずして病院中の噂になったことは、言うまでもなかった――。

第七章　私たち結婚します！

「そんな理由で呼び出したんですか！」

騒ぎをなんとか収め、招き入れられるままに入った当直室で、璃里はお弁当を黙々と食べる誠司を横に声を上げる。

「そう。釘《くぎ》を刺すつもりだった。……あいつ、璃里の悪い噂を流しまくっていたらしいからな。絶対許せん」

もぐもぐとおにぎりを咀嚼《そしゃく》する間に誠司が憤然とした表情で語る。

「釘を刺すって可愛いもんじゃないでしょ、ありゃ脅すって言うんだ」

同じく横で愛妻弁当――といっても、美智香と璃里が合作したので内容は誠司と一緒だが――をつついていた豊坂が、呆れもあらわに茶々を入れる。

「脅すっていっても、あの女、言葉だけで引き下がる訳ないでしょ。どうするつもりだったの」

車を置いて入ってきたら、修羅場真っ最中で間に入る余地もなく、完全に野次馬《やじうま》となっていた美智香が頬を膨らましつつ問い詰めれば、誠司がめんどくさそうにスマートフォンを出し、画面を操作した。

「これをばらまくぞって」

まさかあられもない写真が、とつい目を逸らした璃里を脇に美智香ががっつく勢いで畳に投げ出されたスマートフォンを拾い上げ、ついで、肩をふるふると震わせだす。

「美智香ちゃん？」

そんなに酷い写真なのか。恋人だったのは本当なのではとおろおろしていると、途端に美智香が吹き出し、お嬢様とは思えない勢いで腹を抱え笑い転げだす。

「やだーっ、なにこれ、どうやって撮ったの！　眉ないじゃないの！　ひっどい」

奇声じみた調子で言う美智香に誘われ、恐る恐るスマートフォンを拾って画面を見れば、そこには酔っ払い、無惨にメイクが落ちて公園のベンチで寝ている貴理子の姿が映し出されていた。

「サークルの飲み会でな。俺を飲み落とそうとしたら飲み潰れた」

「そうそう。あ、俺も一緒だったからそこは心配しないでいいよ。璃里ちゃん」

相変わらず淡々としている誠司と、やっぱりニコニコ王子様の豊坂が声を合わせ言う。

「飲み落とすって……誠司さん、お酒、底なしですよね？」

もともとアルコールに強い体質というか、飲む片端から分解されていくらしく、いくら飲んでも酔わないので逆にお金と時間がもったいなくて、めったに飲まなくなったのだ。

ところが周りは、それは下戸だからと勘違いしていたようで、貴理子も同じで、下戸なら酔わせて関係を持てば将来は大病院の院長夫人医師と狙ってきたらしい。

「でもこれは、ちょっと」

「ちょっとどころか、かなり駄目よー。こんなのが知れ渡ったら病院にいられない！　あの美女がメイク落とすと能面な上に眉なしなんて……！」

「だからオペに入りたがらなくて、外科は目指さなかったんだよな。豚足会《とんそくかい》のメンバーだった癖に」

豚足会とは、誠司や豊坂が入っていた医学部特有のサークルで、人間の皮膚に近い豚の皮を縫合しまくることで、外科縫合の技術を磨き、研修医でも即実践に出られるよう備える、いわゆる自己向上サークルのことだ。

大体、整形外科や心臓や胃腸などの内臓関係を志望する学生が所属するところで、外科以外を目指す者が所属するのはめずらしい。

ちなみに縫合練習が終わった用済み豚足は、大鍋で煮たり、炭火で焼いたりして、打ち上げ飲み会で美味《おい》しくいただくそうだ。無駄がない。

ともかく貴理子は、外科志望かつ病院の後継も多く所属していた豚足部に目をつけ、マネージャーとか別に必要もない役職を名乗り、活動にはあまり参加せず、飲み会で色気を振りまいてばかりいたらしい。

そもそも貴理子は最初からあまりやる気のある学生ではなかったらしく、医者になったのも、同じ医者の夫を狙うためだったのではなんて噂もされていたそうだ。

以前、六条の屋敷で貴理子を見たのも、豚足会の買い出しに行くためだったらしく、敷地の外では豊坂が車を用意して待っていたらしい。

「それだけ男狙いってわかってたら、距離を置けばいいのに」

「いや、だって誠司には許嫁がいて、その娘一筋って有名だったから、あいつなら大丈夫だろ。って押しつけられたんだよ。周りに」

なるほど、と思うと同時に、有名になるほど璃里一筋だったと知って、驚けばいいのか恥ずかしがればいいのかわからない。

誠司はそんな璃里を微笑ましげに見つめ、お弁当の唐揚げを箸で摘まんだまま愚痴る。

「一度も付き合ったことはないのに、あいつ、妙なファイトだけはあるよな」

「そう。しかもさあ、苗字が遠坂だろ。俺と名簿順で並んでるから俺までとばっちり。しかも名前を呼び間違えないように貴理子って呼べって言われてたし。周りもそっちが便利だから貴理子って呼んでたし」

そこで誠司がはーっと溜息をついて、頭を振る。

「ああいう毒女に影響されても困ると、できるだけ寄せ付けないよう家に近づかずにいたが、どこでか不意に見かけたらしくな。妹が二人いたのだとかなんだとか言ううちに、別の奴《やつ》がぽろっと璃里が妹と同じ歳の許嫁とかばらしてな。その後も裏でちらちら動いたり、大学病院とうちを掛け持ちしてる医師に探りをいれたりして、夫婦だが一緒に暮らし始めたのは今年からって知って、離婚させて後釜にと狙った……んだろう」

正解を聞いて、璃里は、ははははと遠い目をする。

璃里を揺さぶり、同時に〝未来の院長夫人〟の人柄は悪い、わがままで誠司からも距離を置かれていると噂を流し、ジワジワと追い詰める予定だったが、その準備段階——さして噂も広まってないうちに誠司に気付かれ、今日、釘を刺されるところだったという。

「だが、先に璃里に接触して、嘘で傷つけていたのは度しがたい」

まるで時代劇の侍みたいな口調で言いながら、誠司はいつのまにかからとなったお弁当を前に腕を組む。

「まあ。でも、それで愛妻弁当が食べられたんだから……俺は満足」

「璃里と私と一緒だから、愛妻かどうかはわからないわよ」

照れ隠しか、赤くなった美智香がぷいっと横を向くが、豊坂はそんな妻も可愛いと平気で口にし惚気《のろけ》だす。

「いや、同じだとしても璃里が俺のことを考えて作ってくれたんだから、味わい深いし、すごく嬉しい。嬉しくてどうにかなりそうだ」

豊坂とはまた違う意味で真面目に実に堅物らしい惚気方をされ、璃里まで赤くなってしまう。

「そんなに喜んでもらえるなら、これからも……差し入れしていいですか？」

見た目わかりづらいが、家族であれば結構はっきりと伝わる浮かれ具合に、璃里は恥じらいつつ申し出れば、誠司がうん、とうなずき続けた。

「璃里の仕事が大変だったり、体調が悪いときは無理しないって約束するなら、ぜひ、頼みたい」

「嬉しい」

誠司の役に立てることが、その頑張りの一欠片になれるなら、お弁当なんて百個だって作りたいと、そう思いつつ微笑めば、不味いと誠司が顔に手をあて天井を見る。

「それ以上可愛い仕草はやめてくれ。この場で押し倒したくなってくる」

「やだ、お兄ちゃん野獣！」

「やだ、誠司くん当直室よ、ここ！」

非難めいた美智香の声と、なぜかオネェ口調になった豊坂が突っ込むと、なんだか今日の騒ぎも今までの悩みもどうでもよくなってしまって、璃里と誠司は顔を見合わせ笑いだす。

そうやって四人で笑い転げてしばらくして、璃里は今なら聞けそうな気がして疑問に思っていたことを口に出す。

「あの、それより……誠司さん、私との間に生まれた子を後継にするとは限らないとは」

なにげないふりをして声に出すと、それまでの和やかさが嘘のようにしん、とする。

これはやっぱり聞いちゃいけないことだったのだろうかと、ドキドキしながら正座した膝の上で服を揉んでいると、誠司はきょとんとした表情を見せた後、ああ、と呟いた。

「それか。……俺の親は画家になったから、自動的に俺が後継って生まれた時から決まっていたようなもんで、なんの疑念もなく医者になったし、この仕事はやりがいがあって嫌いじゃない。むしろ好きだ。だが、子どもも同じように考えるとは限らないだろう」

「まあ、そう……ですね」

周りから当たり前のように医師となることを求められ、本人も求められるまま高偏差値の中高一貫校へ進み、医学部も医師国家試験も一発合格していたので、さして気にもしていないが、璃里は誠司が夜遅くまで勉強していたことや、時に深刻そうな顔をして悩んでいたことも知っている。

「だから、自分の子どもには自由に生きてほしいなと。まあ、うちの親父《おやじ》みたいに絵描きになって世界あちこちに飛び回られても困るというか、ちょっと大変だろうが、なりたい職業があればパイロットでも菓子職人でも好きにすればいいと思う。どんな職業も世の中に必要なものだろうし」

遠い目をして優しげに微笑むその表情に、胸がきゅんと甘く疼く。

まだ生まれてもいない子どものことまで大切に、幸せにしようと考えてくれているのが、くすぐったくて嬉しい。

収まり書けていた頬の熱がまた上がりだし、璃里がそっと手を顔にあてて隠していると、妙にわざとらしい咳払いをして誠司が尋ねてきた。

「どちらかというと、俺は、璃里が記入済みの離婚届を持っていたことのほうが、気になるというか」

いつも毅然として余裕ある大人を崩さない誠司が、妙にもじつきながら言うのに、璃里はぎょっとして目をみはる。

「ど、どこで見たんですか！　……って、あ、あの夜にやっぱり見ちゃったんですか！」

「悪い、とは思ったが。つい。でも……離婚は、絶対に、しない、んだよな？」

大好きな飼い主に叱られてしまった大型犬みたいにしょげながら、上目使いで問われ、璃里は縦に何度も首を振る。

だからか、と思う。

感情を顔や態度に出すことが多くない誠司が、本当に突然にこちらが驚くほど溺愛を態度に示しだしたのは。

（離婚されると思って、でも離婚したくなくて、必死で私を口説いてたってこと？）

それが正解だと言う風に、誠司はまっすぐに璃里を見て真剣な顔で告げた。

「俺は、離婚したくない。璃里が好きだ。だからプロポーズした」

淡々としているが、そこに一杯愛情が詰まっているのはわかっている。

だから璃里はあわてて否定する。

「しません！　だって、私も誠司さんのことがずっと好きで、結婚できて嬉しかったし、妻であること以上に幸せなんてないですから！」

「でも離婚届が……」

なおも不安なのか誠司がもごもごと口を動かすのに、璃里は堪《たま》らず暴露した。

「あれは美智香ちゃんのです！」

言った途端、豊坂が凄い勢いで美智香を見て、美智香は真っ青になって首を横に振る。

「どういうことなの、美智香」

「や、だってだって馨さん、浮気してるように見えたし！」

「豊坂、お前浮気してたのか！　そういえばやたら業務時間の終わりを気にしてたが」

「違うよ、違う！　猫だってば！」

にわかにわあわあうるさくなった当直室に、堪忍袋の緒を切らした婦長さんが怒鳴り込んで来たのは、もう、言うまでもなかった。

食べ終わったお弁当箱を持って、美智香に車で送られ家に帰って一晩。

（誠司さん、少し遅いな……患者さんに急変でもあったのかな）

時計の針を見れば、もうお昼近い。

普通であれば午前中、それも十時までには帰宅するのだが。

不思議なほど平和な夜だったと朝にメッセージが来ていたが、そのあとなにかあったのかもしれない。

今日は土曜日だから外来はないが、救急と入院患者は相変わらずだ。

ひょっとしてまだ緊急手術中かもとか考え、だったらお腹が空いているだろうと昼ごはんにサンドイッチを用意していると、すごい勢いで玄関のドアが開き、廊下をバタバタと駆けてくる足音がする。

ハイグレードマンションなので隣近所の迷惑になることはないが、それにしても騒々しい。

どうしたのだろうと、調理の手を止めて廊下のほうへ足を向けると、音をたてて扉が開いて両手に書店の紙袋を二つも提げた誠司が飛び込んできて、璃里を見るなり抱きしめる。

「璃里、ただいま」

「おかえりなさい、誠司さ……」

最後まで言い切れないうちに顎を掬い上向かされ、あっというまに唇が奪われる。

ここ最近の習慣になっている行ってきます、お帰りのキスにしては熱烈だ。

唇を重ねては離し、離してはまた重ねるうち、下唇をついばまれ、舌でなぞり舐めとだんだん濃厚になっていく。

このままではなし崩しに抱かれることになる。それでは調理中のサンドイッチが無駄になるし、どうしてこんなに興奮しているのかも知りたい。

なのでそっと胸を押しやると、ようやくそこで自分の浮かれ具合に気付いた誠司があわてて腰に回していた腕を離し、璃里と少し距離を取る。

「どうしたんですか、そんな……ええと」

興奮という単語を言うと、それがまた気を煽ってしまいそうで、自分も煽られそうで、璃里が言葉を探していると、誠司が不意に真面目な顔になり、告げた。

「結婚するぞ、璃里」

「え、え？　ええと。……すでに結婚している、のでは」

まさか籍は入っていなかったのか、いやそんなことはないと混乱していると、誠司は璃里の手を引き、リビングにあるローテーブルに下げていた紙袋の中身をあける。

途端、華やかな婚礼衣装を着た女性のアップやら全身やらの表紙が載る結婚情報誌や、ハネムーン最適などの文字が飛ぶ旅行雑誌が机から雪崩落ちた。

「これ、全部、結婚関係の雑誌ですか！」

「朝一番、開店と同時に買い占めてきた。費用の心配はなにもいらない。だから、璃里が納得するものを満足するまで探そう！」

勢い込んで言うと、誠司は少し息を切らしながら璃里を抱き寄せる。

それから、とても大事なことを告げるように耳元で低く囁く。

「俺たちの結婚は、最初から例外ずくめで、まともに式も挙げてなかっただろう。新婚旅行もまだだし」

そういえばそうだった。

花嫁に憧れはあったが、自分の我を通してやるほどでもなかったし、最低限必要なもの――婚約指輪に結婚指輪、そして二人の婚礼写真とあった上、なにより、初恋の人である誠司と結婚できたことに満足して、考えもしなかった。

「だけど、璃里が嫌じゃないならちゃんとしたい。式を挙げて皆に、璃里は俺の妻で、俺は璃里の夫なんだって知らしめたいんだ。二度と、あんなことがないように」

貴理子と離婚届騒動のことだ。

思えばあれがなければ、やはり今も抱かれることがなく、本当にいいのだろうかと疑問を持ちながら、夫婦とは言えないが家族ではあるという奇妙な共同生活を続けていただろう。

「ちゃんと、しよう」

夫婦として、新たな門出を設けようというその気持ちに心が打たれる。

ああ、こんなにも愛されてるのだという実感のまま抱きしめ返す。

「私も、ちゃんとしたいです。誠司さんは私の旦那様だって。……もう、誰にも相応しくないなんて言われないよう頑張りますから」

決意を新たに告げれば、誠司はこの上なく甘い声で〝今でも充分だよ〟と囁き、改めて愛してると告げてきた——。

エピローグ

雲一つない澄み渡った青空の下、桜まじりの春風がそよぐ三月の吉日に璃里と誠司は結婚式を挙げた。

婚礼衣装は最後まで悩みに悩んだあげく、白無垢ではなくやっぱりウェディングドレスになった。それもフルオーダーのシルクという豪華さだ。

傷一つない滑らかな光沢を持つ布をたっぷり使ったロングトレーンの裾に真珠と手編みレースが付いたスカート部分は揺らめく水のように綺麗で、その上にぴったりと身体に沿った上半身はクラシカルに、透け感のある百合のレース模様が走るロングスリーブと、まさに王道を行ったスタイルで、衣裳合わせの時は豪華すぎるかなと思ったが、当日、メイクアップアーティストの手を借り大人っぽく化粧され、髪をアップにしてみればこれが自分かと思うほど、美しい女性が鏡の中で微笑んでいた。

もちろん、頭にはドレスに合わせたロングのヴェールに本物のダイヤモンドと真珠を飾った銀のティアラと、完全にお姫様状態でもうまるで夢のようだった。

対する誠司も白に見える淡い銀色のタキシードで、白衣とはまた違う凛々《りり》しさに二度目の〝初恋〟を実感した。

お互い、相手の変貌ぶりがまぶしいのか、その日は終始目が細くなりっぱなしで、おまけに照れて赤くなって互いに俯いたり、上目使いで見たりを繰り返し、美智香から結婚五年目の夫婦とは思えないと呆れられたのは言うまでもない。

教会で式を挙げ、それからフレンチレストランを借り切った披露宴だが、途中、病院に寄って病棟の中庭で写真撮影。

その間中、思わぬイベントにはしゃぎ喜ぶ患者さん達が、紙吹雪やら集められていた花びらを各フロアから散らすものだから、芝生は雪ではなく花弁が降り積もり、踏むのが勿《もっ》体《たい》ないほど華やかに彩られていた。

許可は取っていたが迷惑では、と少し心配していたが、後日、小児科の先生が〝璃里さんみたいなお嫁さんになるって、リハビリや治療を頑張る女の子が増えた〟と耳打ちしてくれたのに安堵したり。

ただ、同じ小児病棟の男の子たちが、こぞって〝璃里お姉さんをお嫁さんにする！〟とも張り切りだして、そのたびに誠司が眉を寄せ〝璃里は俺の嫁〟とぼやくのには参ったが。

——なにも五歳や七歳そこらの子ども達に嫉妬しなくてもいいと思う。

とは、璃里だけの感想で、病院関係者はあの鉄仮面の誠司先生が表情が豊かになったし、お嫁さんにメロメロなのが面白いと、話題の種になっている。

それは披露宴で五回もお色直しがあった上、そのたびに隙をついて誠司がキスしてくるのだから、話題にもなるし、からかわれるのも仕方がない。

ともあれ、病院中が祝福ムードで、だからこそ痴話喧嘩の原因になった貴理子は完全に悪役の立場に追いやられ、しかも、不適切な行為を院内でしたと査問にかけられた挙げ句、六条のお祖父様が大学病院に圧力をかけたらしく、気付いたらいつのまにか辞めていた。

駄目押しに、どこからどう流出したのか、あの眉なしメイク崩れの写真まで院内に出回ってしまったのだから、いたとしても辛いだけだっただろう。

それは少し申し訳なく思ったし、犯人が誰かもわかっていたが、そこはあえてだんまりを貫いておいた。

大人になるということは、時にずるく、図々しくなることも必要なのだ。

そして今、二人は東京から遠く離れた南の島——といっても沖縄の離島だが——に作られた、ヴィラ型高級ホテルの一棟を借り切って、新婚旅行の真っ最中だ。

滞在日数は四日と少ないが、これも忙しい上医師という緊急性の高い職業である誠司のことを考えれば仕方のないことだ。

とはいえ本人は、最後まで海外、それも璃里が憧れていたヨーロッパにこだわっていたが、そちらは夏休みにたっぷり休みを取って連れて行ってもらうことで納得してもらった。

「うわあ、すごい！　海とプールの境界線が全然わからないですね！」

大きく取った窓ガラスの向こうにあるインフィニティプールを見つつ、璃里は感嘆の声を上げる。

「夕方なのに、すごく明るいし」

東京は春なのに、こちらはすっかり初夏で、夜は涼しいと聞いているが日中は半袖でも少し暑いぐらいの気温だ。

その上、水温も管理されているので海は難しくても、プールはいつでも泳ぎ放題、しかも部屋から直通。

振り返って部屋を見れば、荷物を運んでくれた誠司が璃里を見てまぶしげに微笑みながら、ウェルカムフルーツにシャンパンもあるぞと、花や鳥の形に飾り切りされたマンゴー、キウイ、ドラゴンフルーツなど南国の果実を示していた。

「本当に南国みたい！　同じ日本とは思えませんね」

「俺は本当の南国に璃里を連れていきたかったが」

プロヴァンス、セブ、と誰もが憧れるリゾート地を挙げながらも、さすがにあまり長期に診察を休むのはという璃里の遠慮で駄目になったのが、まだ申し訳ないらしい。

「私は充分ですよ。すごい豪華。なにより、優秀な心臓外科医様を四日も独占できるなんて、これ以上豪勢なことありますか？」

少しだけからかって見せると、少し申し訳なさげだった誠司がたちまち照れて手で顔の下半分を隠す。

「ずるいぞ、そういう惚気は……。顔が変にニヤけてしまうだろう」

「いいじゃないですか。知った人は誰もいないんですから」

誠司と同じくニヤけているのを自覚しつつ言えば、彼は破顔し璃里の側に立つ。

「それと、間違いがある」

「間違い？」

なにか変なことを言っただろうかと首を傾げれば、誠司は口角を上げ悪戯っぽく目をしばたたかす。

「四日だけじゃなくて一生だ。嫌だと言っても絶対に別れてやらないからな」

「こちらこそ、望むところです！」

元気いっぱいに答え抱きつけば、すぐ逞しい腕が支え、より強く抱きしめ返してくれる。

そうして背後から耳元に唇を触れさせ、願うように呟いた。

「……世界で一番幸せな夫婦になろうな」

じんと胸に響く。

あの事件から、誠司は苦手なりにがんばって愛情表現をしようと努めてきていたし、璃里も誠司の支えになれるよう、恥ずかしくない妻に成長できるようにとがんばってきた。

だから互いの気持ちではすでに一番幸せになるのはわかっていた。だが、改めてきちんと言葉にされると嬉しいし、なによりも、〝幸せにする〟ではなく、二人でなろうという言い方が、璃里を対等な人として扱ってくれているとわかり感動してしまう。

年齢も立場も関係なく、夫婦というくくりで対等で一緒だから、共に考えて支えて生きようという意志が伝わり、つい目が潤みかける。

だけど璃里はぐっと我慢して、誠司の腕の中で身を回し、爪先立って目と目を合わせた。

「親子も、です」

「ん？」

「幸せな親子にもなりたいです、誠司さん」

腕を首になげかけ、そうすることでふらつきそうな身体を保てば、すぐに誠司が璃里を抱き上げて、もちろんだと破顔した。

――子どもが、欲しい。

璃里には少し早いかもしれないが、誠司はそろそろ子どもができてもおかしくない年齢だ。

だからだろう、バスルームで避妊なしでいたした後、璃里に生理が来たと知った時に少し落ち込んでいたのは。

幼い頃から両親と海外暮らしをしていた美智香とは違い、後継になにかがあってはいけないという周りの声もあり、六条の家で祖父母に育てられたようなところのある誠司だ。口にせずとも家庭や親子に対する憧れはあっただろう。

それがわかるだけに、生まれるのであれば今でもいつでもがんばりたいと思う。

どちらともなく顔を寄せ、額を合わせ、同時に幸せになろうとつぶやき合えば、あとはもうなし崩しに唇が重なり、舌が絡みだす。

熱い吐息を漏らしながら互いの唇を食《は》み合い、舌を受け入れたかと思えば、誘う動きで絡んで吸われジンと身体の芯が疼く。

どちらともなく倒れ込んだベッドがきしむ音さえ構わず、暑さ以外の理由をまとわせ、キスの間に服を脱がせ合う。

項をくすぐられ背を反らせば、つーっと爪を立てながらワンピースのファスナーが下ろされ、下ろした毛先と乾いた風が肌を撫でる。

肩から布が滑り落ちるくすぐったさに身をすくめつつ、もどかしい思いで、仰向けに倒れている誠司のシャツのボタンをくつろげれば、くくっと喉を鳴らし笑われる。

「下は、結婚式のままなんだな」

言われ、頬に熱が上る。

式が終わってからウエディングドレスを脱いだが、下着は初夜が終わるまで替えないもの！　と美智香に言われ、今更なのにと思いつつそのままにしてきたのを今思い出したからだ。

「全部、見せて」

言うと片手で璃里の腰を摑み浮かせ、あっというまにワンピースを抜き取りキングサイズのベッドの外に放り投げる。

南国の花をプリントしたワンピースが、シルクらしい優美な線を書きながらふわりと床に落ちるのと、誠司が感嘆の溜息を落とすのは同時だった。

「綺麗だ……」

まぶしいものを見るように目を細め、ゆったりとした手つきで璃里の肩から腕、脇から腰を撫《な》で回す。

花嫁衣装と同じ純白のシルクでできたブラジャーに、隠すところがほとんどないような小さなショーツ。

白いストッキングに包まれた足は、ウエディングエステで磨き上げられた肌を艶めかしく覆っている。

すべてが百合のように白いしつらえの中、左太股の上にあるフリルのガーターバンドだけが青いのは、サムシング・ブルー――花嫁は一つだけ青を身に付けると幸せになるという言い伝え通りで。

「ウエディングドレスの時も、いや、五年前の白無垢だって綺麗だと思っていたけど……

「これも、すごくいいな」

男らしく出っ張った喉仏を上下させつつ唾を呑み、誠司は目を鋭く研ぎ澄ます。

──あ、これは野獣の目だ。

理性ではなく本能で妻を求め出す時、誠司の目はオペの時のように鋭くなり、奥に艶めかしい色を灯す。

その視線だけで肌をなぞられているような、いや、下着を透かしてすべてを見られているような気分になって、璃里は肌を朱色に染めつつもじもじとしてしまう。

だがそれがいけなかった。

何度も身体を重ねてきた妻の、変わらずに初々しい仕草に煽られたのか誠司は璃里の肩を両手で摑むとあっという間に仰向けにしてしまう。

それから四《よ》つん這《ば》いの獣のような姿勢で四肢を自分の内に閉じ込めたかと思うと、間髪いれずに首の柔らかい肌を甘噛みする。

「あっ……！」

咄嗟のことに抑えることもできず声を上げれば、もう、情欲を留めることは無理だった。

うなじが粟立ち、脈拍が乱れ、血圧が急上昇していくのがわかる。

完全に空調が利いているはずなのに身体の奥から熱が込み上げて、全身が熱く火照りだす。

先を知る身体は誠司に視姦されるだけで過敏になっていき、もう呼吸をするだけで胸の先がじんわりと硬くなってしまう。

知らず獣のようにわずかに舌を唇から覗かせ喘げば、焦らす動きで男の指が鎖骨を撫で、濡れた舌は逆に頸動脈《けいどうみゃく》から耳元へと這《は》い上《あ》がる。

ぞくぞくとしたものが尾てい骨あたりから喉元まで込み上げ、璃里はたまらず身を波打たせながら声を上げる。

「ああっ、あ……っ、う……ん、ぁ」

硬くした舌先で耳殻を舐められ、淫靡な水音をたてながら耳孔に出し入れされると身震いするほどの愉悦が身体を駆け抜ける。

噛んで舐めてと執拗《しつよう》に耳を弄びながら、そのくせ男の手は乳房にそっと優しく添えられたまま動きはしない。

もっとちゃんと触れて、摑んでとおねだりしたいのにできない。できるほど理性が飛んでいない。

だからこそ焦れて、行き場のない快感がどんどんと身体の中に溜まっていく。

たまらず身を打たせれば、誠司の長い指の先に引っかかっていたブラジャーの端がめくれ、尖端が跳ねるように飛び出した。

布と皮膚が擦れる痛痒《つうよう》感が乳首から乳房へと伝わると、自然に背がシーツから浮いた。

まるで捧《ささ》げるように突き出した胸の蕾に、強く息を吹きかけられて璃里は身をびくつかす。

「ひうっ……！」

息を吸った途端に吐き出された声はあからさまに艶を帯びていて、そのことがとても恥ずかしい。

咄嗟に腕で胸を隠そうとすれば、今まで動かなかったのが嘘みたいな素早さで誠司が二の腕を捕らえシーツに押しつける。

「駄目だ。これからだろ」

これから、なに？

頭に浮かんだ台詞は疑問よりは期待に満ちていて、それは自然に璃里の目を潤ませる。

「ああ、もう尖《とが》って……こんなに膨らんで……可愛いな」

言うなり彼はちゅ、と音を立てながら先端から遠い場所を吸い、鬱血の赤い花弁を散らす。

緩い愉悦が座れた場所から細波のように広がり、打って戻る早さで快感がせり上がる。

太股から秘部はとうに汗ばんでいて、擦り合わせると妙な密着感が肌に残る。

こんなのでは足りない。もっと求められたい。

喘ぎ開いた唇から舌が出るほど、衝動に追い詰められだしている。

触れてほしい、もっと強く、激しく求められたい。

乳首を吸われ、飴玉《あめだま》のように口腔で転がし、歯を立てられる。

新婚旅行という状況に酔っているのだろうか。いつもより身体が敏感になっている。

わずかな刺激が与える痺れでもすぐ快感へ繋がって、璃里はほんの数分の責めで、情けなく腰を揺らしだす。

愛撫する唇は胸を離れ、脇腹からへそへと辿り着き、くぼみを舌で抉る。

「んんんっ、ぅ、ぁ」

以前はそんなところでは感じなかったが、幾度も夜と愛撫を重ねられるうちに性感となった場所は、璃里の弱点の一つでもあった。

誠司は変わらず腕を摑み、璃里の上半身の自由を奪った状態で、思うままに小さな窪《くぼ》みを、その奥に潜むへそを舌でつついては転がす。まるで陰核のように丹念に、執拗に。

たちまち足の間が潤ってきて、含みきれない蜜がじゅわりと肉の花弁を濡らす。

汗よりさらに滑る液体がじわじわと肌に広がりだして、璃里は自分が一体どれほど濡れているのかと羞恥に震えた。

身体も心も高まっていくのが早い。

どうしてなのかわからない。ただ、欲求が募るほどに目の前の男が、一生の伴侶と決めた夫が欲しくてたまらなくなる。

璃里のそんな欲望を見抜いたのか、腕を押さえていた手がするりと身体の線をなぞり落ち、思わせぶりにショーツの縁をなぞった後で奪う速さでその薄布《はと》を剝ぎ取る。

「やっ……ッ、ぁあ」

突然、下肢から下着を抜かれた驚きに声を上げると、大丈夫だと言う風に誠司が身を乗り上げ、璃里の額に触れるだけの愛らしいキスを落とす。

「嫌じゃないだろう」

じっと見つめられ、本音をあますところなく見抜いた笑いに頰を膨らませそっぽをむけば、たまらないという風に誠司が可愛いという単語を繰り返す。

「璃里、可愛い。璃里、好きだ。……俺の、大切な大切な宝物」

普段であれば絶対に口にしてくれないだろう睦言《むつごと》を、これでもかと浴びせられくすぐったさばかりが増す。

同時に腹の奥がずくずくと疼いてしょうがなくて、璃里は一層太股に力を込めようとする。

だが、それより早く男の手が恥丘の下へと滑り込み、悪戯な指先で隘路《あいろ》の入口を撫で割った。

くちゅ、と濡れた音が響いて花弁がほころびる。

もうそこは見なくてもわかるほど濡れていて、吸い付くように男の指先に絡んでまとわりついた。

全身を赤くしてぶるぶる震えている璃里を余所《よそ》に、誠司は慣れた手つきで璃里の性感を次々に刺激する。

尖りを弾いて捏ね、まるで売れすぎた葡萄《ぶどう》の皮をむくように包皮を下ろしきると、あああっと上がる声が消えぬうちにそこに口づけ吸い上げる。

「あっ、あっ、あああ、あ……あーっ、ンッ、くぅ、あ」

ついばむように口づけをしては吸われるごとに、腰がビクビクと激しく跳ねる。

なのに男の唇はまったくそこから離れようとはせず、どころか指がじわじわと濡れた蜜口を割って入りだす。

性急なくせに的確な愛撫で濡れそぼっていた部分は、なんの抵抗もなくそれを呑み込んで、歓喜にうねりながら受け入れていく。

蜜を纏いながら根元まで含ませた男の指は、力強く輪を描くようにしながら中を刺激し、かと思えばするりと入口まで戻る。

物足りなさを感じ眉を寄せれば、今度は、内側にある感じる場所ばかりをつついて遊びだし、もっともっとたまらない心地にさせられる。

ゆるゆると動いたかと思えば、関節を曲げて内部のしこりを強く押される。

途端、快感が脳天まで突き抜けて、一瞬、記憶が飛んでしまう。

硬く長い誠司の指が子宮の間際をかすめると、一層甲高い嬌声が口からほとばしり、璃里はどんどん理性を薄れさせる。

腰も太股もガクガクと震えてどうにもならない。

達することもできず、かといって媚熱を失うことも許されない。その状態は麻薬のように理性を蝕《むしば》んだ。

シーツがよじれるほど身体をくねらせ、助けを求めるように喜悦を与える男の名を何度も呼ぶ。

「誠司さ、誠司さ……んっ、ンッ、あああ、あ」

色に堕《お》ちた女の声に興奮してか、いつのまにかさらけ出された男の肉棒は、天を突くほどに硬く張り詰め膨らんで、先からたらりとよだれのような先走りを垂らす。

なのにまだ入れてもらえないのが辛くて、切なくて、璃里は半泣き顔のまま男の頭を引き寄せて、乳房の間に抱え込む。

「も、無理……いくっ、イっちゃう」

「いいぞ。いけよ」

セックスの時だけ、理性が薄れた時にだけなる乱暴な言葉遣いも、今はもう快楽のエッセンスでしかない。

二本も指を差し込まれ、限界まで含ませたかと思うと、そのまま中で交互に動かし、降りてきた子宮の入口をくすぐられればもう駄目だ。

たちまちまぶたの裏に絶頂の閃光《せんこう》が散り、璃里は身を反らしながら上り詰める。

「あああぁっ、あーっッっ……ぁ、あ」

ぷしゅっと蜜がほとばしる音がし、男の手にしぶく。

初めての現象に二人して目を丸くしたのも束の間、羞恥に言葉を詰める璃里とは裏腹に、誠司はこの上なく無邪気で喜悦に溢れた笑顔を見せる。

「すごいな、璃里。ここまで感じるなんて」

「ばか。誠司さんのばかばか、エッチ！」

照れ隠しに相手をなじるが、そんなことで萎える気持ちでも昂ぶりでもない。

彼は「言ったな」と笑い告げながら、やや乱雑な手つきで璃里の頭の横に重なっていた枕の一つを取って、腰に差し込む。

「やっ、それは……だめぇ、あ、あああ、ッ」

駄目、という言葉を阻害するように一気に挿入され、璃里はまた極めてしまう。

短時間で二度も絶頂を得た身体はどこか気怠くあったが、それも一瞬でしかない。

膣を肉棒で塞がれるずんとした重い快感が響くと同時に、充溢したもので押し潰された中の肉襞がしきりにひくつき締め付ける。

「っ、く……締め、すぎ」

切羽詰まった様子で呻くと、誠司は頭を強く振って前髪を汗と散らす。

「ンンっ……誠司さ、ふか……っ、い」

腰が上がっていることでいつもより深くまで受け入れることとなっている璃里はといえば、受け止めきれないほどの悦楽に首を振るだけだ。

腹奥でどろどろと蕩ける甘苦しい愉悦を散らそうと、手でシーツを摑めば、一層強く誠司のものを喰い締めることとなり、彼は声にならない呻きを上げて頭を振る。

「またっ……くそ、悦すぎて、気が飛びそうだ」

はあ、はあ、と激しい運動をした後のように息継ぎすることで気を散らしながら、誠司は璃里を抱きしめ、何度も何度もキスを重ね、自分も求めていることを言葉ではなく態度で示す。

「力を抜いて。ほら」

「無理ぃ……」

「だったら、先に一緒にイこうか」

言われ目を見張る。腰を上げられた時から予想はしていたことをされると知って、全身がわなないた。

「駄目ぇ、それ……悦すぎる、からぁ」

幼女のように声を上げたが駄目だった。

慰めるように璃里の頭を撫でていた手が背に回り、そのまま背骨を辿り撫でてから尾てい骨の尖りでぴたりと止まる。

「ひんっ……ッ」

発情した雌馬みたいな声が出て、あわてて手で口を塞いだが遅かった。

腰で圧をかけ、ぐうっと剛直の尖端で子宮をくじりながら、同時に尾てい骨の先——仙骨と言われる部分を指で丹念に撫で回される。

すると、じわじわと炙《あぶ》るような愉悦が直接子宮に響いて、璃里の蜜筒が盛んに痙攣《けいれん》しだす。

「あ、ひ、……や、あ、駄目駄目駄目……おかしく、なるぅ」

「駄目じゃなくて、悦いだろ。……ほら、もっともっと乱れて見せろ。一番綺麗な璃里の艶姿《あですがた》を、俺だけが知る璃里を」

熱にうなされた者のうわごとじみた声で希いながら、誠司はますます責めを激しくしだす。抜けるほどぎりぎりまで腰を引いたかと思えば、返す速度で奥まで含ませぐうっと子宮を腰の力で持ち上げる。

同時に仙骨を容赦なく撫《な》で擦《さす》り刺激し、裏からも淫靡な刺激を流し込む。

それだけではもう終わらず、野獣の仕草で乳房ごと先を含み、熟れた果実に舌を絡め吸い、陰毛同士を擦り合わせ淫液で互いの秘部をさらにぬるつかす。

全身を用いて、あらゆる手管を使い、己のすべてで感じさせようとする雄を前に、璃里はどうしようもなく乱れ、啼いた。

みっちりと屹立の先を奥処で咥え、締め付けて、伸ばした手でその頭を胸にかき寄せて、これ以上までなく密着すると、性感以外の場所からも愉悦が滲《にじ》んで響く。

そのうち、どこまでが自分の身体か、どこからが誠司なのかもわからなくなり、二人は一体となって高みを目指す。

ずくずくと力強く穿たれ、重く甘苦しい衝撃が奥処を焼いている。

苦しいほど内側を圧迫されているのに、なぜか多幸感ばかりが膨らんでいく。

内部の襞が収縮しながら誠司の雄を締め付け、子宮の入口はねっとりと肉楔の先を舐め包む。

すると中の屹立がさらに膨らみ、走る血管が大きく浮き出し脈動し、女の襞をくすぐる。

これ以上ないほど完璧に繋がり、相手と密着している。

満たされた気持ちが限界まで膨らんだ時。限界を迎えた璃里の身体が強く引きつり、一拍置いて絶頂の痙攣へと至る。

「あああ……ッ、あ、あっ、あっ」

びくびくと陸に上げられた魚のように腰を跳ねさせたのも束の間、すぐ力強い手に囚《とら》われ固定され、あとはもう、男は己の欲望のままに腰を打つ。

余裕もなにもない、本能のままに雌を喰らう雄の動きに翻弄される。

肌と肌が触れ合う破裂音の感覚がどんどんと狭くなり、最後に高らかに部屋に響いた。

「う……ぁあ！」

獣のような咆吼《ほうこう》を上げながら、限界を迎えた誠司の屹立が吐精する。

びゅるびゅると白濁の熱が子宮に注がれ、璃里は今までに見たこともないような、白くまぶしい光を脳で見た。

手を伸ばし、抱き合い、互いに息を荒らげ性の余韻に浸っているうち、ふと、今、自分たちは子どもを授かったのではないかと――なんとなく、思った。


二人が南国で奔放かつ甘い蜜月を過ごしてから十ヶ月後、桜の花びらのような大きな雪華が舞い散る二月。

恋人達が愛を誓い合う日に、念願の子どもが生まれたのも。

その時、六条・伏見両家の子を望んだ院長より、立ち会った美智香より、産んだ当人である璃里よりも、ぽろぽろと大粒の涙を流しながら誠司が笑い、愛してると繰り返し、繰り返しすぎて産婦人科の医師や看護師に呆れられることとなったのは、もう、言うまでも無い未来だった。

あとがき

こんにちは華藤《かとう》りえです。

この本をお手に取っていただき、誠にありがとうございます。

ご縁がありまして、ヴァニラ文庫ミエル様で書かせていただけてとても光栄です。

このお話は、両親が亡くなったことで初恋の人と結婚せざるを得なくなったものの、夫婦としての関係がないまま続く中、ひょんなことで離婚届を手にしたヒロインが、それを夫である初恋の人に見られ、突然溺愛されだして——というお話です。

両方とも真面目で一途な二人が、ちょっとしたことですれ違っていたのが、急接近してラブラブになるのをお楽しみいただければ嬉しいです。

イラストは、蜂不二子《はちふじこ》先生が担当してくださいました。

先生とは今年二回目となりますが、相変わらず美麗で繊細なイラストに、とても嬉しくなりました。みなさまも堪能いただければと思います！

最後になりますが、この本を買ってくださったあなたへ、最大の感謝を込めて。

ありがとうございました！　楽しんでいただければと思います！

華藤りえ

離婚届を見た夫が私を溺愛してきたのですが！
～冷徹外科医は最愛の妻を手放さない～

Vanilla《ヴァニラ》文庫 Miel《ミエル》

2025年3月5日　第1刷発行　　定価はカバーに表示してあります

著　作　華藤りえ　©RIE KATOU 2025
装　画　蜂 不二子
発行人　鈴木幸辰
発行所　株式会社ハーパーコリンズ・ジャパン
東京都千代田区大手町1-5-1
電話　04-2951-2000（営業）
0570-008091（読者サービス係）
印刷・製本　中央精版印刷株式会社

Printed in Japan ©K.K.HarperCollins Japan 2025 ISBN978-4-596-72666-7